땅끄뿌

안녕하세요~ 땅끄와 오드리 예요♥
오늘은 저희 책이 나온 날 이에요
함께해주셔서 감사합니다 -오&땅

"이 부부의 건강한 에너지를 닮고 싶다!"

땅끄부부 THANKYOUBUBU 지음

# 땅끄부부,
## 무모하지만 결국엔
# 참 잘한 일

알에이치코리아

## 나, 땅끄

안녕하세요. 유튜브 '땅끄부부' 채널에서 진행을 맡고 있는 '땅끄'입니다. 결혼 9년차 유부남입니다. 어색함과 아재개그가 특징입니다. '땅끄'라는 별명은 블로그 시절 지은 별명으로, 키는 작지만 멋진 할리우드 배우 탐 크루즈(정식 표기는 톰 크루즈)를 동경하여 '땅끄루즈'라고 지었습니다. 지금은 땡큐(Thank you)와 비슷한 어감인 땅끄로 줄여서 부릅니다.

오드리와~ 땅끄까지!

## ——— 너, 오드리

안녕하세요, 유튜브 '땅끄부부' 채널에서 진행 빼고 모든 것을
맡고 있는 '오드리'입니다. 결혼 9년차 유부녀이며 영상에서는
잘 드러나지 않지만 가정에서 귀여움을 담당하고 있습니다. 가
끔 4차원 개그도 합니다. '오드리'라는 별명은 블로그 시절 지은
별명으로, 시대를 풍미한 배우 오드리 햅번을 동경하여 '오드리
햇반'이라고 지었습니다. 지금은 줄여서 '오드리'라고 부릅니다.

# 차례

프롤로그


안녕하세요. 땅끄와~ 오드리예요.
오늘은 긍정 뿜뿜! 건강 뿜뿜! 눈 운동용 책을 준비해보았습니다.


저희는 유튜브 크리에이터로 활동하고 있습니다. 약 2014년부터 블로그를 하면서 자연스럽게 운동과 '홈트(홈트레이닝)'에 대한 포스팅을 해오다가 '유튜브'라는 플랫폼을 알게 된 것이 유튜브 크리에이터로의 첫걸음이었습니다. 그 뒤로 집에서 손쉽게 할 수 있는 운동 영상을 찍어 올리고 있습니다. 유튜브에 영상을 올리게 된 지도 벌써 사 년이나 되었네요.


며칠 전, 처음으로 땅끄부부 채널 구독자 분들과 만날 기회가 있었습니다. 첫 팬미팅이라는 이름을 붙이기는 했지만 실은 유기견 보호소 봉사활동을 함께한 소규모 미팅이었습니다. 예전부터 구독자 분들과 하고 싶었던 일이라 많이 설

렀어요.

봉사를 시작하기 전 팬미팅에 와주신 분들과 카페에 모여서 이야기를 할 기회가 있었는데요, 수년간 댓글로만 소통했던 구독자 분들을 실제로 만나 서로 눈을 보며 수다를 떠니 뭔가 치유되는 느낌마저 들었습니다.

사실 그동안 블로그나 유튜브를 해오면서 운동이 아닌 저희의 개인적인 이야기로 소통한 적이 드물었던 것 같습니다. 언젠가 유튜브의 구독자 수가 백만 명이 되면 구독자 분들이 궁금해하던 우리가 살아온 시간들, 연애와 결혼, 운동과 유튜브를 하게 된 계기 등을 글로 정리해보려고 했었습니다.

그렇게 계획했던 것이 수개월 전……. 그 뒤로 하나하나 써보았던 글이 이렇게 모여 책으로 나왔습니다. 작은 이야기이지만 구독자 분들과 조금 더 가까워지고자 솔직하게 썼습니다.

그럼 저희와 함께하실 준비되셨나요?

하나, 둘, 셋! 오드리와! 땅끄까지! (땅끝까지!)

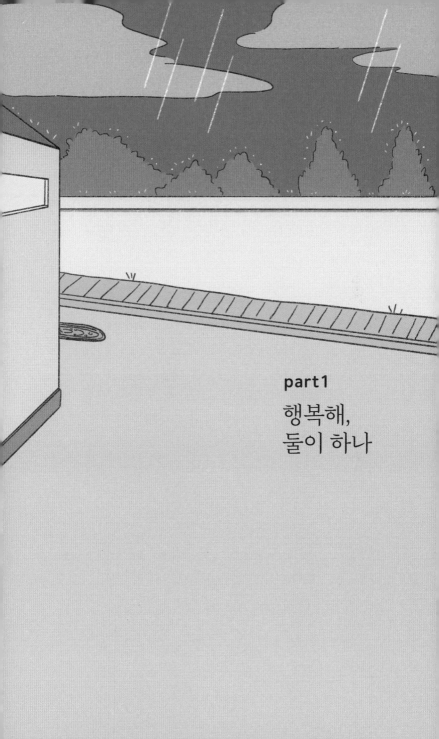

part1

행복해,
둘이 하나

누구나 이렇게 시작하지 않을까


우리는 아르바이트를 하다가 만났다. 평범하다면 평범한 만남이었다.

아르바이트를 하던 곳에서 사장님이 카드기를 설치하던 날이었던가? 그날, 새로 설치된 카드기가 제대로 작동하는지 확인하기 위해 카드가 필요했지만 나에게는 카드가 없었다. 그래서 나는 함께 일하던 너에게 대뜸 말을 걸었다.

내가 너에게 가장 처음 건넨 말은 이랬다.

"제가 카드가 없어서……. 카드 좀 빌릴 수 있을까요?"

"왜요?"

이것이 우리의 역사적인 첫 대화였다!

그때는 몰랐지만 너는 원래 자신의 물건을 빌려주는 것에 굉장히 민감해하는 타입이었지. 하지만 그때는 어째서였을까? 너는 왜냐고 물으면서도 선뜻 카드를 내어주었다. 일하는 곳에서 필요했기 때문이었을지도 모르겠지만 그때는 어떤 이유든 선뜻 내주었다는 게 좋았다.

그렇게 우리는 아무런 인사도 없이, 상대의 이름도 모르는 채로 서로를 알게 되었다. 그 후, 주로 나의 적극적인 표현으로 점점 친해지게 되었다. 네가 배가 고플 시간이면 밖에 나가서 떡볶이나 순대, 어묵 등을 사서 네가 일하는 자리에 가져다 놓았고, 가끔 비가 예고 없이 내리면 내가 쓸 우산을 너에게 건네주고 나는 비를 맞으며 갔다. 그래도 비 맞는 게 참 설레던 순간.

우리가 조금 더 친해지고 나서는 더 많은 시간을 보냈지. 함께 출근하기도 했고, 네가 늦은 시간 퇴근하게 될 때에는 어두컴컴한 밤길을 함께 걷기도 했다.

그렇게 아주 평범하게, 우리는 점점 가까워졌다.

## 번거로운 것도 좋아지는 순간

우리의 아르바이트 장소는 주택가 뒷골목에 있었다. 인적이
드문 곳이기도 했고 환경도 열악해서 문제투성이였다. 게다
가 건물도 오래되어서 비라도 오면 차단기가 어찌나 자주
내려가던지. 하루에도 수차례씩 정전이 찾아왔다.

"어? 차단기가 또 내려갔네?"

아르바이트 중에 갑자기 찾아온 정전. 네가 혼잣말처럼 중
얼거리면 그때마다 나는 '다다다다다' 소리가 날 것처럼 급
하게 달려가 외쳤다.

"제, 제가 할 테니 가만히 계세요!"

키가 작은 나에게는 유독 높이 붙어 있던 야속한 차단기! 그
래도 네가 보고 있으니 빨리 올려야 한다는 마음에 비가 오

21

는 날이면 굉장히 바쁘게 뛰어다녔다. 손이 잘 닿지 않았지만 그래도 다른 사람에게 그 일을 넘기기 싫었다. 너에게 책임감 있는 모습을 보이고 싶었으니까. 나는 누가 오기 전에 재빨리 의자와 우산을 이용해 차단기를 올리고는 했다. 그 모습이 우스꽝스러웠겠지만 그래도 너에게 조금은 어필되지 않았을까.

아르바이트 하는 곳은 정전만이 문제가 아니었다. 복사기도 말썽이었다. 그래도 예전부터 복사기 고치는 법을 알고 있던 나는 네가 사용하다가 고장 난 복사기를 직접 고쳐주고는 했다. 여유 있는 모습은 필수. 모두가 귀찮아했을 복사기 고장을 참 오매불망 기다렸던 것 같다.

## 달콤한 도서관

한창 연애를 하던 때 우리는 남들처럼 데이트 장소를 돌아다니는 것에 익숙하지 않았다. 특히나 당시 나는 왜소한 체격이어서 사람이 많은 곳에 가면 예민해지고는 했다. 너 역시 왁자지껄하게 노는 것보다는 조용하게 앉아서 노는 것을 좋아했다. 그런 우리에겐 도서관이 데이트 장소로 제격이었다.

주말이 되면 나는 너에게 함께 도서관에 가자고 제안했다.

"도서관 같이 갈래? 영어 과외 해줄게!"
"그럴까?"

순진했던 너는 나의 말을 따라 도서관에 왔다. 영어에 자신감을 가지고 있었던 나였기에, 토익을 일대일로 과외해준다는 달콤한 말로 너를 유혹했고 너는 그 유혹에 넘어왔다!

하지만 막상 도서관에서 공부는 뒷전. 우리는 지하 매점에
앉아서 서로의 이야기를 듣고 들려주며 수다만 떨다 왔다.

#솔직히 난 공부하는 네 옆에서 딴짓을 더 많이 했던 것 같아

## 토익과 연애의 관계

본의 아니게 도서관에 자주 갔던 우리. 그 덕분에 데이트 하는 겸사겸사 영어공부를 했다. 그때 당시 토익 시험은 사회생활로 가기 위한 필수 관문으로 여기는 사람이 많았다. 그래서인지 우리는 꽤 열심히 공부했다. 그리고 틈틈이 토익 시험을 봤다. 시험장도 이왕이면 너와 같은 곳으로! 시험을 보는 일요일이면 같이 시험장에 가서 시험을 보는 데이트(?)를 하기도 했다.

시험 전날이면 우리는 꽤 늦게까지 데이트를 했다. 도서관에서 벼락치기로 공부하면서 말이다. 대부분 전날에는 발등에 불이 떨어진 상태이기에 도서관이 문을 닫는 밤 열 시까지 있다가 오곤 했다.

시험 당일 아침이면 둘 다 긴장 최고조.

"신분증 챙겼어? 저번처럼 안 챙기면 안 돼!"

그렇게 우리는 서로의 기억력을 살뜰히 챙기며 같은 시험장에서 토익시험을 치렀다. 그렇게 여러 번 토익에 응시하면서 우리의 관계처럼 토익 점수도 점점 발전했다.

## 스키장의 목장갑

스노우보드를 타보고 싶어서 스키장에 갔다. 물론 우리에게는 보호 장비도 없었고, 그걸 살 돈도 없었다. 렌탈샵에서 빌려 타기로 결정했는데 유독 장갑 빌리는 돈이 아깝게 느껴지는 건 왜인지. 저 돈이면 라면 하나 더 먹을 수 있을 것 같은데…… 한참 망설이던 우리는 무모하게도 목장갑을 끼고 스키를 탔다.

방수기능도, 보온기능도 제대로 없는 목장갑이었다. 눈에 젖어 축축해지는 건 당연했다. 우리는 언 손으로 한 번 보드를 타고 목장갑을 말렸다가 다시 타고는 했다. 그렇게 밤새도록 스노우보드를 탔고 목장갑 덕분에 아낀 돈으로 편의점에서 라면과 우유를 먹었다!

#빨간 고무칠이 된 목장갑, 잊을 수 없어

#독보적인 스키 패션!

## 너를 위한 입원

함께 일하던 곳에서 네가 그곳을 먼저 떠나게 되었다. 나만
홀로 남겨지다니……. 네가 더 좋은 기회를 얻어 나간 것이
었기에 크게 아쉽지는 않았지만 혼자 남겨지는 건 쓸쓸했다.
게다가 너는 새 직장에 아침 일찍 출근해야 했다. 그 때문에
우리의 생활패턴이 살짝 엇갈리게 되었다. 이왕이면 아침
일찍 나가는 너를 차로 데려다 주고 싶은 마음이었다. 아버
지의 연식 오래된 차를 타고 매일 아침 너를 일터까지 데려
다주었다.

어느 날, 평소처럼 너를 데려다주고 돌아오는 길. 나는 도로
한가운데에서 뒤에 오던 차에 들이받히고 말았다. 다행히
크게 다치지는 않았지만 교통사고는 교통사고인가보다. 후
유증이 남아서 결국 입원 행이었다.

태어나서 처음 해보는 입원이었다. 병원복을 입고 있는 것

만으로도 어색, 그곳에서 잠을 자야 하는 것도 어색했다. 게다가 4인실이라서 군대 내무반에서 생활하는 느낌. 뭔가 묘했다.

그래도 네가 자주 찾아와서 함께해줬다. 특히 주말에는 병실에 있던 다른 사람들이 모두 나가고 우리만 있었기 때문일까. 어느 순간 집보다 편하게 느껴졌다.

"왠지 우리 집보다 편한 것 같아. 침대도 넓어!"

분명 사고가 난 건 불행한 일이었지만 그래도 네가 있어서 병원 생활도 외롭지 않았다. 영광의 상처와 영광의 순간으로 남았던 입원 생활이었다.

## 짝짝이 구두

아침 잠이 많은 나에게 이른 출근은 그야말로 전쟁. 그런 나를 챙겨주느라 네가 참 고생했다.

한번은 구두를 짝짝이로 신고 갔다. 구두 색깔이 다 짙다보니 정신없는 와중에 아무렇게나 구겨 신고 나온 탓이었다. 하루 종일 그렇게 다니다가 수업이 끝나고 나서야 알아차렸고, 사진을 찍어서 너에게 보냈다. 평소 소소한 것에도 웃음이 자주 터지는 너. 그 사진이 정말 재미있다며 박장대소했다. 몇 년이 지난 지금 봐도 좋아하는 사진 중 하나라고 말한다.

너는 내가 일을 마치고 돌아오면 항상 발 마사지를 해줬다. 나는 발 사이즈는 작은데, 발볼이 상당히 넓었기에 기성 구두를 신기가 힘들었다. 발볼이 꽉 끼는 구두를 신고 다니느라 퇴근하고 돌아오면 내 발은 항상 퉁퉁 부어 있었고, 너는 매번 발마사지를 해주었다. 나는 늘 발에 맞는 구두를 찾기 힘들어했었다. 그런 나를 위해 인터넷은 물론이고 오프라인 매장을 모두 뒤져 맞는 구두를 마법처럼 찾아주었던 너. 그런 네가 내게는 마법사 같았어.

#너의 웃음 버튼

## 우리의 가장 멋진 데이트 장소

데이트 장소, 라고 할 때 우리 머릿속에 제일 먼저 떠오르는 것은 마감 직전의 마트이다. 그곳은 각자 밤늦게까지 일하고 돌아온 우리가 유일하게 갈 수 있는 곳이었다. 천부적인 집돌, 집순이었던 우리는 밤늦은 시간에 딱히 갈 곳이 없었기에 밤마다 마트만 전전했다.

말이 마트 쇼핑이지, 빈 카트를 끌고 들어가서 매번 빈 카트 그대로 나왔다. 가끔 네 개에 만 원 하는 세계맥주나 반값 딱지가 붙어 있는 마감세일 상품들을 집어올 때도 있었지만 대부분은 눈으로만 배부르게 쇼핑을 하고는 했다.

그때 너는 사고 싶은 것들도 참 많았을 텐데 나에게 사달라는 소리를 한 번도 하지 않았다. 물론 네가 뭔가를 사고 싶다는 얘기를 하지 않았어도 난 네가 뭔가 사고 싶다는 것을 알고 있었다. 알고 있었지만 선뜻 물어볼 수 없었다. 내 주머니에 용기가 없었기 때문에…….

지금은 다행히 그때보다 여유가 조금 생겨서 마트에서 "이거 살래?" "저거 살래?" 하고 먼저 묻곤 하는데, 그럴 때마다 예전 생각이 나서 괜시리 미안하다.

## 일인 매트의 기적

신혼살림을 시작한 다섯 평짜리 원룸에는 아무런 살림살이가 없었다. 심지어 이불마저도. 결국 보다 못한 어머니께서 홈쇼핑에서 샀다면서 일인 매트를 보내주셨다. 그것마저도 우리에게는 정말 감사한 존재였다. 감사한 매트리스 위에서 너와 내가 둘이 부둥켜안고 몇 달을 보냈는지……. 아주 좋은 신혼살림 중 하나로 기억에 남은 일인, 아니 억지로 이인용이 된 매트.

하지만 일인 매트는 영점팔인 매트가 아닌가 싶을 정도로 좁은 매트였다.

어떻게 거기에 두 명이 누워서 잤을까. 지금도 우리의 미스터리 중 하나로 남아 있다…….

#최고의 혼수품 영점팔인 매트!

## 마법의 필터

나는 사진을 찍을 때면 항상 위에서부터 내려다보듯 찍는
다. 찍을 때는 분명 잘 나오겠구나, 싶은데 집에 와서 확인해
보면 항상 비율을 엉망으로 찍어놓았다.

한번은 옷가게 거울 앞에서 사진을 찍었는데, 둘 다 작게 나
온 건 둘째 치고 거울에 스티커가 붙어 있어서 얼굴까지 가
려졌다.

반대로 너는 사진을 찍을 때 키가 작은 나를 배려해서 팔등
신처럼 보이게 사진을 찍어주고는 한다. 일명 '오드리 필터'

내 키를 백구십 센티미터처럼 보이게 하는 마법의 필터다.

#땅끄 필터 VS #오드리 필터

나의 재능


나에게는 독특한 재능이 있다. 너와 닮은 캐릭터들을 찾아
내는 재능.

내 눈에만 보이는 건지 잘 모르겠는데, 신기하게도 세상에
는 너와 비슷한 캐릭터들이 많다. 너와 닮은 캐릭터들을 찾
아낼 때마다 나는 네가 나에게 하는 것처럼 사진을 찍어보
라고 한다.

하지만 정작 나를 닮은 캐릭터는 거의 본 적이 없네.

#전부 너처럼 보여

## 무모하지만 참 잘한 일

우리의 연애는 모든 게 물 흐르듯 진행되었다. '오늘부터 일일'이라거나 '데이트 일 일차' 같은 시간 개념이 없이 그저 우리는 서서히 가까워졌다. 굳이 첫 데이트를 꼽는다면 퇴근길이려나. 네가 늦게 아르바이트를 마치고 집에 갈 때 내가 말을 걸었다.

"퇴근하실 때 심심하실 것 같은데 제가 같이 걸어가 드릴게요!"

그리고 한 시간쯤 함께 걸었다. 그 시간이 어찌나 짧게만 느껴지던지.

결혼도 마찬가지였다. 결심을 하고 프러포즈를 한 것도 아니다. 우리는 그저 자연스럽게 만났고, 데이트를 했고, 같이 살기 시작했다. 같이 지내면서 나는 너의 영어공포증을 극

복시켜주기 위해 전 재산을 털어서 필리핀의 작은 시골마을로 어학연수를 떠났다. 그때 숙박 문제 등을 해결하기 위해 자연스럽게 혼인신고를 했고, 연수를 마친 뒤 천안에서 우리의 본격적인 신혼을 시작했다.

지금 생각해보면 다소 무모해 보이고 계획성도 없어 보이지만, 그래도 내 평생 가장 잘한 일로 남아 있다!

## 왼팔의 상처

내 왼팔에는 지우고 싶은 상처가 있다.

오드리와 지냈던 '보증금 이백 월세 이십'의 단칸방은 초등학교 바로 앞에 있던 빌라촌이었다. 단순히 생각해보면 안전할 것 같지만 골목 안으로 조금만 들어가면 음침한 골목이 나왔다. 밤중에 그 골목을 걸을 때면 그 당시 왜소했던 내게 항상 기분 나쁜 긴장감이 전해졌다.

그러던 어느 날, 그 긴장감은 현실이 되었다. 너와 밤에 그곳을 지나가다가 나쁜 무리들이 쫓아오는 사건이 생긴 것이다. 정말 다행스럽게도 네가 다치지는 않았지만 그 사건은 내 기억 속에서 '너를 지켜주지 못한 날'로 각인되었다.

그 사건이 일어난 후, 나는 어린 마음에 너를 지켜주기 위해서는 강해 보여야 한다고 생각했다.

내가 너무 왜소해서 그런 일이 벌어진 건 아닐까?

좀 더 힘이 세 보였다면?

내가 무서워 보였다면?

어리석은 생각이었지만 운동을 하며 근육도 만들고 왼팔에 상처도 새겨 넣었다. 아무리 아파도 좋으니 가장 무섭게 생기고 가장 크게 새겨달라고 부탁했다. 며칠 동안 계속된 작업 끝에 그것이 완성되었다. 내가 아픈 만큼 너를 지켜줄 수 있을 거라 생각했던 날들…….

사실 지금은 이 상처가 밉다. 이게 내 왼팔에 있는지도 가끔은 잊어버릴 때가 대부분이다.

그래도 후회하지는 않는다. 이 상처는 나와 너의 여유 없고 힘들었던 시절을 의미하고, 우리에게 그 시간을 끊임없이 떠올리게 해주기에……. 내게는 지우고도 싶은 상처지만, 지금까지도 지우지 못했고 앞으로 계속 그럴 것 같다. 이 상처를 볼 때마다 우리의 과거는 여유 없고 힘들었지만 그 시간을 함께 잘 보냈으니 미래는 그렇지 않을 거라고, 그렇게 되뇌인다.

너의 한마디

부모님의 도움 없이 자립하고 싶었기에 우리는 여러 지역을 돌아다니며 신혼집을 알아봤다. 그러던 중 결정적인 역할을 한 너의 한마디.

"여기 동네 분위기가 따뜻하다."

그곳은 처음에는 후보군에도 없던 '천안'이었다. 그곳에서 우리의 주머니 사정에 딱 맞는 아주 저렴한 원룸을 소개받았고, 그 길로 바로 계약서를 작성했다. 그리고 다음 날 이삿짐이라고 말하기 부끄러울 정도로 적은 짐을 싸들고 천안에 왔다.

천안의 신혼집은 방음도 되지 않고 해도 들지 않아서 빨래도 마르지 않는 집이었다. 그래도 둘이 처음 함께 살기로 한 아주 의미 깊은 집이다.

part2
고마워,
매일매일
땅끄!

벚꽃 없는 벚꽃놀이

결혼 구 년차가 되어서야 브이로그를 찍는다는 구실로 첫
벚꽃놀이를 가게 되었다. 벚꽃놀이를 가본 적이 없어서 뭘
준비해야 할지도 몰랐던 우리는 무작정 벚꽃이 핀다는 공원
에 갔다.

하지만 공원에 도착해보니 벚꽃이 핀 나무는 찾을 수 없었
고 아직 찬바람이 쌩쌩 불어댈 뿐이었다. 그래도 꽃놀이를
해보겠다며 공원을 돌아다니다가 기적적으로 벚꽃이 피어
있는 나무를 딱 한 그루 발견할 수 있었다. 우리는 그 밑에
돗자리를 깔고, 미리 사온 햄버거와 함께 바람에 섞여 입으
로 들어오는 모래를 먹었다.

모래맛 햄버거와 찬바람의 기억이 강렬하지만 그래도 우리
의 즐거운 첫 벚꽃놀이였다.

## 판교라는 여행지

천안에서 보낸 신혼 생활 중 우리의 한 가지 낙은 바로 판교 여행이었다. 여행이라고 하면 뭔가 거창하게 느껴지지만 그 당시 우리에게 '판교'라는 도시는 미지의 장소이자 맛집이 많은 곳이었다. 그래서 여행지나 마찬가지.

스트레스를 받은 날이면 우리는 아침부터 저녁까지 판교에 놀러가고는 했다.

우리의 판교 여행은 이랬다.

우선, 여행 계획을 세우듯 가기 전날부터 맛집 리스트를 쫙 뽑아놓는다.
당일이 되면 판교 맛집을 순서대로 나열해서 하루 종일 먹고, 돌아다니고, 구경한다.
그리고 먹지 못한 맛집의 음식들을 포장해서 돌아온다.

마지막으로, 포장해온 음식을 며칠 동안 먹으며 판교 여행의 여운을 느끼면서 행복해한다.

우리에게 그야말로 완벽한 여행지다.

#여권이 필요없는 여행지!

## 오화백의 우아한 취미생활

너에게 한 가지 취미가 생겼다. 컬러링이라는 취미생활.

한번 빠지면 푹 빠져버리는 너에게 컬러링은 불안한 마음을 편안하게 해주는 마법과도 같은 취미생활이었다. 컬러링을 할 때만큼은 복잡한 생각을 떨칠 수 있고, 마음이 비워진다고 했던가?

따로 종이를 놓고 컬러링을 할 공간이 없자, 너는 빨래 건조대를 이젤 삼아 색칠을 하기 시작했다.

"오화백! 엄청 그럴싸해 보인다? 수십 년 동안 그림 그린 사람 같아."

내 말에 너는 세상 누구보다도 진지하게 컬러링을 하곤 했다.

#빨래 건조대와 오화백

## 나의 운동복

예전 사진을 보면 나는 언제 어디에서든 대부분 운동복을 입고 있다. 한창 운동을 하던 시기에는 집에서든 아웃렛을 나가든 항상 운동복 차림이었다. 나는 키와 어깨에 콤플렉스가 있었기 때문에 어깨가 넓어 보이는 운동복을 찾으면 그 옷만 계속해서 입었다.

'어깨 깡패가 안되면 그렇게 보이기라도 하자!'

같은 운동복을 너무 오랫동안 자주 입어서인지 세탁을 해도 땀 냄새가 사라지지 않을 정도였다. 그 정도로 오래 입다가 버리곤 했다. 특정 브랜드를 선호하지는 않았지만 그냥 어깨가 넓어 보인다 싶으면 오랫동안 입었던 것 같다.

너는 나의 그런 옷 애착에 질려했다.

"다른 옷도 좀 입어!"


그래도 나는 꿋꿋이 입던 운동복을 고집했더랬지.

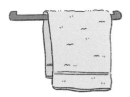

마른하늘에 날벼락

우리가 분가를 하기 전 너는 내가 살던 집에 잠시 함께 살았다. 그 집은 굉장히 오래된 전원주택이었다. 옆집과의 간격이 일 미터도 채 되지 않아 옆집에서 어떤 음식을 해먹는지 알고 싶지 않아도 알게 되었고, 화장실을 쓸 때도 모두가 알게 되었다.

또 바퀴벌레가 많은 동네라서 집 안에서도 한두 마리씩 꼬박꼬박 보였다. 게다가 비가 오는 날이면 천장에서 물이 샜고 그게 심해지면 가끔 천장이 폭삭 주저앉기도 했다.

내 방은 그 오래된 집에서도 가장 구석진 곳에 있었다. 당연히 습하고 곰팡이가 많았던 방이었다.

어느 새벽 폭풍우가 치던 날, 영점팔인 매트에서 둘이 누워 자고 있었는데 내가 누운 곳 바로 위쪽 천장이 무너졌다.

와르르!

새벽 서너 시 즈음이었다.

나는 너무 놀라서 아무 말도 할 수 없었다. 천장에 고여 있던 수십 년 된 먼지와 곰팡이 섞인 물이 내 얼굴에 정통으로 쏟아졌다. 잠을 못자는 것은 둘째치고 정말이지 온갖 생각이 났다. 내 옆에 있던 너에게도 물이 많이 튀었다.

하지만 둘 다 약속이라도 한 듯이 아무 내색도 하지 않았다. 그저 새벽부터 일어나 씻고 아무 일도 없었다는 듯이 출근했다.

## 외출에는 재능이 없어

생활에 약간씩 여유가 생기기 시작하면서 산책을 다니곤 했다. 걸어다니기도 했지만 가끔은 자전거를 타기도 했다. 하지만 소화력이 느린 나. 식사를 하고 바로 자전거를 타면 항상 배가 아팠기에 전동휠을 타고는 했다. 너는 자전거, 나는 전동휠.

한여름, 그것도 매우 더운 점심때였다. 우리는 갑자기 이상한 목표에 꽂혔다. 다름 아닌 우리가 가보지 못한 최대한 먼 곳까지 가보자는 것.

그렇게 우리는 대책 없이 출발했다. 그래도 목적지는 있어야 할 것 같아서 차를 타고 삽십 분 가면 있는 대형마트를 도착점으로 대충 정했다.

한여름 땡볕 아래, 너는 페달을 굴리고 나는 충전을 마친 전동휠을 타고 출발했다. 너는 내 전동휠을 보며 한마디했다.

"충전 제대로 해놨지? 중간에 멈추면 너 놓고 온다!"

그렇게 호기롭게 출발한 우리는 이십 분도 채 되지 않아 지치기 시작했다. 하지만 목표한 마트까지는 아직 반절 이상 남아 있는 상황. 이대로 포기할 수는 없다! 안간힘을 쓴 끝에 목적지에 도착했다.

힘들게 도착해서 우리가 한 것은 고작 마트에서 아이스크림을 하나씩 사먹은 것이었다. 그리고 더 지치기 전에 다시 집으로 출발하기로 했다.

그런데 이상하게도 네가 속력을 내지 못했다. 이내 네가 탄 자전거 바퀴가 흐물흐물해지기 시작했다. 구멍이 난 것이었다.

이미 그때는 밤이었다. 집까지는 아직도 이십 분 이상이 남아 있던 상황. 너는 그 구멍을 무시하면서 몇 배나 묵직해진 페달을 밟아 집까지 도착했다. 가히 인간승리였다.

그 후로 우리는 당분간 산책이라는 것을 나가지 않기로 했다. 그렇게 우리는 더욱더 집순이, 집돌이가 되어갔다…….

#역시 집이 최고야

구릿빛이 되고 싶어서

천안에서 한창 운동을 열심히 했을 무렵, 나는 태닝이라는 것을 알게 되었다. 처음에는 근육을 부각시키기 위한 방법 중 하나로만 생각했다. 하지만…… 알면 알수록 까만 피부가 주는 뭔가 특별한 멋? 그런 게 느껴졌다. 그래, 태닝을 해보는 거야!

하지만 혼자 도전할 용기는 없었다.

"같이 태닝해보지 않을래?
"오케이!"

너는 역시나 흔쾌히 대답했다.

주변에 몇 없던 태닝샵들을 비교해보니 생각보다 비쌌지만 그래도 너는 운동과 근육에 빠져있던 나를 위해 선뜻 카드를 긁어주며 말했다.

"네 몸이 까매지겠지만 내 마음도 함께 까매지는 것 같아……."

그렇게 우리는 태닝샵을 처음 가보게 되었다. 그런데 이게 생각보다 만만한 것이 아니었다. 서로의 몸에 오일을 발라주어야 하고, 사막보다 덥고 건조한 태닝 기계 안에서 이십 분이나 가만히 있어야 하다니. 태닝이라는 것은 즐거움이 아닌 힘듦이었구나.

그렇게 우리의 몸이 구릿빛으로 어둡게 변해갈수록 우리의 마음도 차츰 어두워져갔다.

결국 그 어둠을 이기지 못하고 태닝은 포기하고 말았다. 그 후, 평생 태닝은 하지 말자고 다짐했다.

다섯 평이 있어 다행이야


다섯 평짜리 원룸에서 신혼살림을 시작했다고 하면 대단하다는 반응이 나오고는 한다. 그곳에서 어떻게 즐겁게, 긍정적으로 신혼을 보낼 수 있었냐고. 하지만 우리는 그곳에서 억지로 긍정적이려고 노력하지 않았다. 그렇다고 굳이 부정적인 현실을 곧이곧대로 받아들이려고 하지도 않았다. 다섯 평짜리 집에 대해 긍정과 부정을 나누어 생각할 만큼 선택의 조건이 없었기 때문이다.

게다가 둘 다 집 밖으로 나가지 않으려는 성향 덕분에 딱히 누가 어떻게 산다더라, 뭘 샀다더라 하는 비교대상도 없었다. 난 우리가 아주 평범하게 지냈다고 생각하는데……. 누군가에게는 작다면 작은 방에서의 시간은 단순히 긍정적으로 이겨낸 것도, 불만을 갖고 지낸 것도 아니었다. 그저 우리가 지낼 수 있는 깔끔한 공간이 있다는 것만으로도 우리는 만족스러웠는걸.

## 우리의 겨울나기

겨울에 영하 십삼 도까지 내려가던 집에 산 적이 있다. 특히 겨울밤에 정말 추웠던 그 집. 그곳에서 너와 나는 겨울을 나는 게 아니라 생존하기 위해 버텼다.

수면잠옷과 두꺼운 내복까지 준비 완료!
하지만 그렇게 껴입어도 잘 때 한기가 들어와서 너무나 추웠던 방.

특히 코와 귀가 시렸다. 특단의 조치로 네가 아기들의 발싸개를 귀에 끼고 잔다는 방법을 생각해냈다. 아니, 어떻게 그런 황당한 생각을 한 거지?

그래도 효과가 있었는지 나름 따뜻하게 며칠을 보낼 수 있었다. 하지만 뒤척이다가 발싸개가 빠지기 일쑤였고, 나에게 아기 발싸개는 너무 작아서 귀가 아팠다.

결국 우리는 며칠 쓰다가 포기했다. 앞으로 아기 발싸개는 아기들만 쓰는 것으로!

#표정이 모든 것을 말해준다

너의 취미

우리의 겨울준비는 온 집 안 창문에 포장용 에어캡을 붙이는 것으로 시작했다. 포장용 에어캡을 붙이지 않은 창문 하나에만 햇볕이 들어와서, 그 앞에 도란도란 모여 유튜브를 보거나 인터넷을 하거나 했다.

외출이 거의 없는 너에게 몇 개 안 되는 취미는 그림 그리기와 요리. 너는 요리 재료를 꼼꼼하게 준비하는 편이다.

인천 집에서의 겨울, 너는 작은 감으로 연시를 만든다고 며칠 동안 정성을 쏟았다. 겨울햇볕이 쏟아지는 창가에 감들을 줄 세워 놓고 "맛있어져라, 맛있어져라."라고 주문 같은 걸 외곤 했다.

\#맛있어져라, 맛있어져라

일상이 패러디

오랜만에 외출했다가 재미있거나, 웃기거나, 귀여운 것을
보면 너는 언제나 따라해보라고 한다. 상대가 남녀노소, 사
람이든 동물이든, 물건이든, 캐릭터든 상관없이.

나는 망설이다가 못 이기는 척하며 재미있게, 웃기게, 귀엽
게 따라해본다. 그러면 네가 박장대소를 하며 사진을 찍어
주는데 그렇게 모은 사진이 꽤 많다. 찍을 당시에는 겸연쩍
기도 했는데 네 말대로 찍길 잘 한 것 같다. 모아서 보니 또
다른 재미가 있다.

#때로는 진지하게

#때로는 도도하게

#때로는 멋있게

#때로는 친절하게 #팔색조 땅끄

## 구 년만의 특별한 여행

우리는 결혼한 지 구 년이 지난 후에야, 결혼식과 신혼여행 대신이라고 하기는 조금 그렇지만 여행을 다녀왔다.

하지만 너와 꿈꿔왔던 유럽 여행은 상상과는 많이 달랐다. 심한 인종차별 때문에 나중에는 그냥 슈퍼마켓에서 식재료를 구입해 숙소에서 아침, 점심, 저녁을 다 해결했다. 결국 여행을 와서까지 집돌, 집순이가 되어버린 셈.

심지어 자전거를 타다가 자전거 바퀴가 트램 레일에 끼어 네가 크게 넘어지는 사고가 발생했다. 얼마나 놀랐는지. 냉랭하게만 느껴지던 유럽 사람들도 놀라서 말을 걸어주기까지 할 정도로 큰 사고였다. 나는 당황해서 정신이 없었지만, 너는 오히려 이를 악물고 아픈 다리로 자전거를 다시 타고 먼 거리에 있던 숙소까지 돌아왔다.

#우여곡절 구 년만의 특별한 여행

#마트를 전전하던 날들

그 여행 이후로 너는 세 달 동안이나 조금만 걸어도 아파했다. 네가 아파할 때마다 마음이 아팠다. 자전거를 괜히 탔어, 여행을 괜히 갔어…….

평소 자주 부딪치고 다치는 너에게 나는 매일 조심하라는 말을 입에 달고 살았었다. 그런데 여행을 와서까지 크게 다치다니, 걱정되는 마음과 함께 화가 많이 났다. 그런 너에게 아프지 말라는 협박을 남기고 싶다.

제발 이제부터는 더 조심하자. 건강이 최고야. 너 또 다치면 나도 똑같이 다칠 거다?

#공포의 자전거!

## 산책의 귀여움

너와 나는 자주 산책을 하는 편이다. 그럴 때마다 길냥이를 찾아다니고는 한다. 어둡고 으슥한 골목이나 공원 뒤편에 가면 가끔 길냥이들을 만날 수 있다. 갑작스럽지만 귀여운 그 만남을 위해 너는 항상 가방에 고양이 사료나 고양이용 간식을 지참하고 다닌다. 그러고는 길냥이를 부르는 마법의 주문을 외곤 한다.

"츄르~ 츄르~ 츄르~."

송도에 살던 시절, 우연히 길냥이 대가족을 발견해서 편의점에 급하게 뛰어가 우유와 사료를 사와 먹인 적이 있다. 그것만으로도 뭔가 마음이 따뜻해지고 기분도 좋아져서 다음 날 같은 시간에 또 가보았는데 만날 수 없었다. 언젠가 다시 만날 수 있었으면 좋겠는데…….

#산책을 귀엽게 만드는 길냥이

첫 욕조

결혼생활 구 년 만에 처음으로 너와 나만의 작은 욕조가 생겼다. 이번에 이사 온 집에 욕조가 딸려 있었던 것.

입욕제를 푼 따뜻한 물 속에서 쉬는 걸 좋아하는 너. 그런 너를 보며 욕조 있는 집으로 이사 가지 못한 것은 그동안 내 마음의 짐이었다.

욕조가 생기자마자 너는 이전까지 욕조 없이 어떻게 살아왔는지 의문이 들 정도로 매일 반신욕을 즐기고 있다.

네가 좋아하는 모습을 보는 것도 참 좋지만 나도 이 욕조가 참 좋다. 너와 둘이 들어가기엔 비좁은 크기이지만 (이럴 땐 짧은 내 다리에 감사!) 그래도 하루를 마치고 평온한 상태에서 서로의 등을 밀어주면서 마음속 깊은 이야기까지 할 수 있는 장소가 되었다.

#나가기 싫다, 그치?

## 눈썹 문신 하던 날

사진이나 영상에 나오는 우리의 인상이 너무 흐릿해 보여서 둘이 눈썹 문신을 하기로 했다. 난생처음 도전해보는 눈썹 문신이라 가기 전부터 굉장히 긴장했다. 물론, 실제로 눈썹 문신을 받을 때는 상상보다 훨씬 아팠다. 특히 너는 정말, 저 엉말, 아주아주 많이 아파했다. 또렷한 인상 만들기는 또렷한 복근을 만들기 위한 아픔에 버금가는 아픔이었다.

눈썹 문신을 받은 뒤 집에 와서 일주일 동안 세수도 못하고 둘 다 짱구가 되어 있었다. 그래도 덕분에 사진이든 영상이든 조금 더 잘 나오는 것 같기도 하고…….

그런데 슬슬 걱정이 된다. 이제 눈썹 문신을 한 지 수년이 지나서 색이 바라고 있는데, 또 리터치를 해야 하는 건지…….
무섭다.

#짱구 탄생 #눈썹이 다했네!

## 운동보다 지독한 주물팬

요리를 좋아하는 네가 조리 도구를 바꾸겠다고 선언했다. 주물 팬이 좋다는 말을 들은 모양인지 낯선 그 조리 도구를 내 앞에 내밀었다. 주물팬은 한 번 사면 평생을 사용할 수 있지만 사용할 때는 옛날 방식으로 노끈을 묶어서 사용하는 게 좋다고 했다.

이십일 세기에 노끈이라니. 그 노끈을 묶는 데 어찌나 힘들던지. 오전 내내 노끈을 있는 힘껏 잡아당기며 묶고 났더니 손에 물집이 엄청 잡혔다. 아령을 매일 들어도 생기지 않던 물집이 주물 팬 노끈을 묶다가 생겨버린 것이다.

하지만 정작 그 주물 팬은 너무 무겁고 관리도 힘들어서 결국 사용하지 않게 되었다. 지금도 우리 집 어느 구석에 고이 처박혀(?) 유물로 남아 있을 것이다. 나는 주물팬이 싫다. 진지하게.

#물집 단련에는 주물팬!

화장을 못해도, 잘해도 너

너는 화장을 못한다. 안하는 것이 아니라 정말 못한다.

처음 만났을 때부터 너는 화장을 잘 안하고 다녔고 그런 너에게 난 익숙해졌다. 그렇게 화장을 할 여력도 없이 바쁘게 살다보니 서른 중반이 된 지금도 화장을 잘 못한다. 촬영을 하거나 중요한 날이 있을 때에도 선크림 정도만 바르는 너.

넌 어떤 날은,

"나 유튜브 보면서 화장하는 법 배울까?"

그리고 또 다른 날은,

"난 이미 늦었어. 화장따윈 포기할 거야."

라며 왔다 갔다 하고는 한다.

나는 지금의 네가 익숙해서 좋다. 오히려 화장을 잘한다면
굉장히 어색할 것 같다.

#그냥 네가 좋아

## 오땅이네 이발소

우리는 촬영 전날 서로의 머리를 밀어준다. 그 덕에 벌써 미용실에 가본지가 수년 전. 언제부터인가 우리는 서로의 머리카락을 책임지고 있다. 일주일에 한 번 하는 영상 촬영에 모든 심혈을 기울이기 위해 우리는 전날부터 분주하다.

그 마음가짐의 일환으로 서로의 머리를 이발기로 욕조에서 깎아준다. 처음에는 내 머리카락만 다듬는 데도 한두 시간은 족히 걸렸다면 이제는 삼십 분도 채 안 걸린다. 화려한 기술 없이 이발기만 있으면 만사 오케이다. 가위도 거의 쓰지 않는다.

하지만 문제는 내 머리가 아닌 너의 머리다. 여자 머리스타일은 이발기만으로는 힘이 든다. 내가 이발기를 들면 너는 불안한지 계속해서 묻는다.

\#오 : 손님, 어떻게 잘라드릴까요?
\#땅 : 늘 자르던 대로요. 알죠? (찡긋)

"제대로 하고 있는 거 맞아? 왜 자꾸 떨어?"

여러 번의 시행착오 끝에(너에게는 미안하다) 나는 이발기만으로 자를 수 있는 단발머리 스타일을 스스로 습득하게 됐다. 가위질은 최소한으로 하는 게 중요하다. 이름하야 '똑단발'.

가끔은 머리스타일을 바꿔서 기분 내고 싶은 생각이 들기도 하지만 너는 아직까진 내가 해준 '이발기 똑단발'이 마음에 드나보다. 하지만 넌 앞으로 이 머리를 평생 해야 할지도 몰라. 선택이 아닌 운명 정도?

**part3**

사랑해,
둘이 함께하는
모든 순간

## 결혼식 없는 결혼

나는 당당히 구 년차 부부라고 말하고 다니지만, 사실 너와 나는 남들 다 하는 그 흔한 결혼식조차 올리지 못했다. 결혼식을 올리지 않았으니 당연히 결혼사진조차도 없다. 이십 대에 너를 처음 만났을 때 난 너무 어렸고, 둘 다 집안 사정이 어려워서 결혼 이야기를 꺼내기 부담스러웠다. 세상에서 살아남기 위해 바삐 살고 있을 때쯤에서야 나는 결혼식 타이밍을 놓쳤다는 걸 알았다. 사실 그때 알았음에도 결혼식을 할 마음의 여유가 없었다. 그리고 그렇게 바쁘게 수년을 더 살다보니 나는 결혼식조차 해주지 못한 구 년차 남편이 되어 있었다.

내 자신이 굉장히 이기적인 사람이었다는 것을 그때는 잘 몰랐다. 인간관계를 최소화하고 살아온 나에게 결혼식은 그저 남들에게 보이기 위한 허례허식으로만 여겨졌고, 사랑이라는 대전제 안에 결혼식 따위는(?) 해도 그만, 안 해도 그만

인 것이라 생각했다.

하지만 이제 나도 어느덧 구 년차 남편이 되었고 과거를
돌아보니 흔한 결혼식조차 해주지 못한 게 너무 미안하다.
너무 나만 생각했다. 여유가 없다는 핑계로 너무 이기적이
었다.

다른 사람들의 SNS를 들어가다 보면, 가끔 결혼식 사진들
이 눈에 띄곤 하는데 그럴 때마다 재빨리 화면을 다른 곳으
로 돌리곤 한다. 나도 모르게 네가 남들 결혼식 사진이나 드
레스 사진을 보는 것이 불편했나보다. 나는 남들 다 하는 결
혼식조차 해주지 못했기에.

그때 조금만 더 여유를 가지고 억지를 부려서라도 약소하
게라도 할 걸, 가족과 친한 지인 몇 명만 불러놓고 드레스 입

은 사진 한 장이라도 남겨놓을 걸, 해외로는 못 가더라도 신혼여행 삼아 국내 여행이라도 갔다 올 걸……. 결혼식이라는 걸 생각하면 할수록 자책하게 되지만 그래도 이런 상황을 이해해주고 불평 한마디 안 한 네가 너무 고맙고 기특하다. 이 기록을 통해서라도 너에게 미안하고도 고마운 마음을 전하고 싶다.

그리고 언젠가 너와 결혼식을 올리고 싶다.
조금만 기다려줘!

부부만의 언어

우리는 최대한 좋은 말만 들려주려고 노력한다.

너는 나에게 "네가 최고야." "너 잘생겼어.(오글오글)" "넌 세상에서 제일 커.(믿거나 말거나)" "네 어깨는 태평양이야.(흐음)" "너한테 아기 냄새가 나."라고 해준다. 믿어도 되는 말인지는 의심스럽지만…… 그래도 들을 때마다 힘이 된다.

그런 너에게 우리 잘하고 있다고 전해주고 싶다.

어차피 세상은 여러 가지 변수로 가득 차 있고, 나쁜 일도 생기기 마련이다. 그 상황이 나쁜지 좋은지 결정되는 건 자신의 태도에 달려 있다고 믿는다. 그러니까 우리는 같은 상황에서 최대한 좋은 이야기를 서로에게 해주자.

## 너의 코, 나의 귀

너에게는 습관이 하나 있다. 무슨 일이든 먼저 냄새를 꼭 맡아보는 습관. 항상 손보다도 코가 먼저 간다. 덕분에 내가 몰래 뀐 방귀 냄새도 귀신같이 알아챈다.

"너 킁킁거릴 때마다 강아지 같아."

그런 너에게 '코 탐정'이라는 별명을 붙여주었다.
네가 냄새에 예민하다면 나는 소리에 예민하다. 같이 살게 되면서 그런 내 성향을 알게 되어서일까? 너는 택배상자를 뜯는 소리, 청소기 돌리는 소리, 요란하게 요리하는 소리 등 일상생활에서도 큰소리가 날 것 같으면 미리 내게 말하며 양해를 구한다.

같이 살게 되면서부터 우리는 서로의 귀 보호막, 코 보호막이 되어주고 있다.

#귀 보호막 #코 보호막

## 화해의 법칙

신혼 때 많이 싸운다는 말이 있듯이 우리도 신혼집이 있던 천안에서 많이 싸웠다.

보증금 이백 만 원에 월세 이십 만 원짜리의 다섯 평 단칸방.

우리는 힘들고 빠듯했던 현실 앞에서 많이 다투었다.

나에게는 싸울 때 하나의 방식이 있다. 싸우는 건 피할 수 없지만 되도록 당일에 화해하고자 하는 것. 그래서 나는 어떤 일이든, 누구의 책임이든 내가 먼저 사과했다.

"내가 미안하다. 그냥 내가 다 잘못했다."

그러면 너는 바로 방긋.

감정 소모를 하기 싫은 나와 사과를 받으면 금방 화가 풀어지는 너, 서로에게 결과적으로 득인 화해 방식이었다.

그런 나의 모습을 보고 최근에는 너도 먼저 미안하다고 말하기도 한다. 이렇게 서로에게 맞춰가며 서로의 방식을 닮아 가나보다.

## 하루 끝은 너와 함께

사진 찍는 걸 좋아하는 우리. 하지만 스마트폰 사진첩에는 자기 전에 찍었던 셀카밖에 없다. 소중한 순간들을 많이 남겨두고 싶지만 영상을 찍느라 밖에 잘 나가지 않기 때문이다. 결국 자기 전에 찍은 사진이 전부.

나는 침대에 누우며 스마트폰을 들어올린다.

"자기 전에 사진 한 장이라도 남겨 놓아야 해. 하나 둘 셋!"
"또 시작이네."

너는 그렇게 말하면서도 같이 포즈를 취해준다. 이렇게 너와 함께 사진을 찍고 나서야 하루가 마무리되는 기분이다.

#어쩌면 가장 행복한 순간

## 부부는 닮는다더니

우리는 참 많이 닮았다. 처음엔 닮은지 몰랐는데 운동 영상을 재미있게 찍기 위해 너의 도플갱어, 일명 '오순이'가 되면서 알게 되었다. '오순이'가 되기 위해 가발을 쓰고 너와 똑같은 옷을 입은 날, 둘이 나란히 거울 앞에 서보았는데…….

세상에, 둘이 정말 똑같았다. 그러고 보니 우리는 가끔 주변 사람들에게 '남매 같다' '쌍둥이 같다'라는 말을 듣는다.

한번은 함께 엘리베이터를 탄 아주머니께서 매우 놀란 듯이 우리를 보며 물었다.

"둘이 쌍둥이에요?"

아니라고 하자 아주머니는 "어머, 웬일이야! 너무 똑같네!"라며 감탄 아닌 감탄을 하셨다.

#오드리 분신술!

하긴 '오순이'로 변신한 나를 보면 스스로도 감탄스럽기는
하네.

#ㅋㅋㅋㅋㅋㅋㅋㅋㅋ

## 네가 해주는 대로

영상을 찍는 날이면 너는 나보다 분주해진다. 영상에서만큼은(?) 멋있게 나와야 한다며 피부 관리부터 여러 가지 관리를 해주기 때문이다.

한번은 내 얼굴에 팩을 붙여주고는 네가 진지하게 말했다.

"너 얼굴 면적이 커서 팩이 모자란 것 같아……."

그럼 나는 재빨리 대답한다.

"팩이 잘못했네, 잘못했어!"

전날 저녁에는 손수 내 머리를 잘라주기도 하고, 눈썹도 다듬어주고 여드름을 짜주기도 한다. 이렇게 가꾸는 남자를 '그루밍족'이라고 하던가. 그루밍에 둔감했던 나는 처음에는 네가 해주는 대로 어색하게 앉아 있곤 했지만, 요즘에는 오히려 내가 나서서 아침부터 팩을 해달라고도 한다.

앞으로도 잘 부탁해!

#잘못한 팩과 함께

## 햇볕 쬐러 가자

오랜만에 우리가 처음 신혼살림을 시작했던 빌라 원룸 주변의 미용실을 찾았다. 동네 주변은 많이 변했지만, 미용실만큼은 세월을 비켜간 듯한 느낌마저 들 정도로 똑같았다. 마치 이곳만 시공간이 정지한 듯한 느낌.

그렇게 느낀 것은 아마도 수 년 전 원장님이 틀어놓았던 올드팝도 그대로, 원장님만의 독특한 머리스타일과 패션 감각도 그대로, 그리고 햇빛이 잘 들던, 오래되어 약간 해진 소파도 그대로였기 때문인 듯했다.

낡은 소파는 우리가 이 미용실에 오는 이유 중 하나이기도 했다.

우리가 살던 원룸 단칸방은 햇빛이 거의 들지 않던 곳이라 한 달에 한 번 머리를 자르러 올 때마다 소파에 앉고는 했다.

그곳에서 햇볕을 쬐면서 원장님이 커피포트에 끓여놓은 커피 한 잔을 마시는 것이 너와 나만의 소확행이었다.

그때 너는 나에게 미용실에 '머리 자르러 가자'라고 하지 않고 '햇볕 쬐러 가자'고 말하기도 했다.

행복을 주는 공간


너는 참 이벤트를 좋아하는 사람이다.

무심한 나와는 반대로 주는 걸 좋아하는 네가 결혼 구 년만
에 내 심장을 부술 뻔 했다.

깜짝 이벤트로 무려 '차'를 선물 받게 된 것! 결혼 구 년 만에
처음으로 갖게 된 '내 차'이다.
분홍색을 뽐내는 깜찍한 소형차를 보고 너는 당당하게 선물
이라고 말하는 한편 "차가 좀 작지 않을까?" 하고 걱정했다.
하지만 남들보다 짧은 다리를 가진 나에게 이만큼 좋은 차
는 없는걸! 과분한 선물, 분에 넘치는 선물. 내게는 인생 차
이다. 단순한 이동수단이 아닌, 행복을 주는 공간.
정말 고마워!

#오땅카, 반가워!

## 너와 맞춰가기

너는 나와 같이 맞춰 입는 것을 좋아한다. 외출을 할 때는 물론이고 집에서도 종종 커플 아이템을 착용하고는 한다. 커플 양말에서 시작한 맞춰 입기는 커플 티, 커플 모자, 커플 폰케이스 등 점점 그 범위가 확장되고 있다.

맞춰 입는다는 것이 어색했던 나는 처음엔 그 상황을 받아들이기 어려웠지만, 맞춰 입다보니 적응도 되고 집에 있어도 커플 아이템을 갖추고 있으면 특별한 날이 된 것 같아 마냥 싫지만은 않다. 이렇게 적응되어 가는 내 자신을 보면 신기하네.

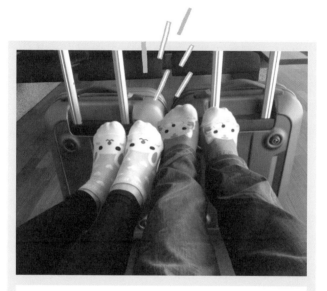

#이런 걸 내가 하게 될 줄은……

## 능숙해진다는 것

신혼살림을 처음 시작했을 때만 해도 너는 요리 초보였다. 살아있는 낙지나 문어 같은 것들을 손질할 때면 나를 불러 어떻게 해야 하냐며 울상 짓기 일쑤였다.

"아직 살아있어. 눈으로 나를 엄청 쳐다보는데 어떡해? 너무 불쌍해."

그랬던 너는 이제 구 년차 어엿한 요리인이 되었다. 얼마 전 주꾸미 손질을 아무 거리낌 없이 하는 여유로운 모습까지! 이런 변화에서 우리가 함께한 시간이 많이 흐르긴 흘렀구나, 하고 느낀다.

#늠름한 너

내 앞에서 제일 재미있는 사람


너는 모든 생물과 교감하려 한다.

심지어 요리하기 위해 사온 주꾸미, 문어, 멸치와도. 넌 영상에서는 조용해 보이지만 실제로는 훨씬 더 재미있다. 오히려 내가 반대이다. 겉보기에는 내가 더 말이 많고 분위기를 이끌어갈 것 같지만 정작 내가 더 조용한 편. 너는 멸치 하나만 봐도 멸치와 교감하려 하고 개그를 던지고는 한다.

"크아! 내가 더 입이 크지? 빨리 사진 한 장 찍어봐!"

그렇게 유쾌한 표정으로 사진을 찍고 난 후 너는 턱 아프다고 정색을 했었지.

#누구 입이 더 크나

## 네 전용 베개

너는 내 좁은 어깨에 기대는 걸 참 좋아한다. 나는 내 어깨가 좁다고 하지만, 너는 내 어깨를 태평양처럼 넓다고 말한다.

"네 어깨는 세상에서 제일 넓어. 캡틴 아메리카가 울고 갈 것 같아. 넌 나의 캡틴 아리랑!"

그것이 진실인지 거짓인지 잘 모르겠지만 아무튼 너는 내 어깨에 기대기만 하면 자려고 한다. 잠을 잘 때에도 팔베개를 안 해주면 허전하다고 해서 자기 전에는 무조건 팔베개를 해준다. 구 년 내내 팔베개를 해주었는데 딱 한 번 못해주었던 적이 있다. 수많은 글에 댓글을 다느라 너무 오랫동안 같은 자세로 컴퓨터를 하다 팔이 아팠던 날이었다. 그때 한의원에 가서 침을 맞고 쉬느라 팔베개를 못 해줬는데 네가 도통 잠에 들지 못했다. 그래서 찾아낸 방법이 반대편 팔로 팔베개를 해주기! 물론 구 년 동안 해왔던 팔베개에는 못 미

#이제는 오히려 팔베개해줄 사람이 없으면 내가 허전해

#팔은 아프지만 꿀잠 잘 수 있어!

치는 안정감과 쿠션감(?)이겠지만, 그래도 다행히 나의 어설
픈 팔베개에도 너는 푹 잤다.

"팔베개는 잠시 수리중입니다, 고객님. 오늘은 업그레이드
버전으로 꿀잠을 드리겠습니다, 고객님."

어쨌든 너는 백 퍼센트 만족하고 며칠을 반대편 팔베개에
안겨서 잠이 들었다는 소문이…….

## 식성의 차이

우리는 동기부여를 위해 일주일에 한 번 영상을 찍을 때마다 맛있는 것을 먹자고 약속했다. 물론 운동은 힘든 일이지만 운동 영상을 찍고 난 다음에 뭘 먹을지 생각하는 건 너와 나의 즐거운 일.

운동이 무척 힘들었던 날, 우리는 무한리필 고깃집으로 가자고 외치고 식당으로 향했다. 평소 외식을 잘 안 하지만 긴장한 탓에 하루 종일 굶었던 우리는 무한리필의 본전을 뽑겠다며 다짐했다.

너는 나를 만나기 전에는 고기를 잘 안 먹는 편이었다. 하지만 나를 만나고 너는 달라졌다.

"고기의 참맛을 깨쳤어."

#무한리필의 매력

이제는 네가 나보다도 더 잘 먹는다. 심지어 고기를 정말 못 굽는 나와는 달리 고기까지 잘 구워서 고깃집에 가면 네가 고기를 굽는 편이다.

하나인 듯 둘인 듯

너는 항상 사진을 찍을 때 키가 작은 나를 배려해서인지 내 뒤에서 찍으려고 노력한다.

"내 앞에 서 봐! 나 좀 가려 봐!"

그러던 어느 날, 여느 때처럼 사진을 찍다가 네가 내 뒤에서 얼굴만 빠끔히 내밀었다. 그 모습을 찍어보았는데, 어라? 생각보다 재밌게 나왔네? 그 뒤로 우리는 이 포즈를 '쌍두 포즈'라고 이름 짓고 자주 찍었다.

예전에는 네 몸을 가릴 수 없을 정도로 내 몸이 왜소했기 때문에 '쌍두 포즈'를 제대로 할 수 없었지만 이제는 운동 효과인지 조금은 근육이 생긴 내 뒤에 너를 숨길 수 있다.

이런 걸 보면 운동하길 참 잘한 것 같네. 처음 운동을 결심했

던 것도 왜소하고 키가 작은 나를 멋있게 봐주는 너에게 더
자신감 있는 남자가 되고 싶었기 때문이었으니까. 앞으로도
꾸준히 너에게 멋진 남자가 될게.

#우리는 하나!

131

#포인트는 몸이 하나로 보이는 것!

#오드리=땅끄

## 서로에게 힘이 되어주기

큰 호응을 얻었던 천 칼로리 영상을 찍은 날! 단시간에 강도 높은 운동을 해내야 했던 너. 평소 칭찬이 인색한 나라도 이 날은 칭찬을 안 할 수 없었다.

표현에 서툰 나는 칭찬에 서툴지만, 그래도 힘들어하는 너를 즐겁게 해주고 싶어서 우스꽝스러운 표정을 짓거나 웃긴 말로 너를 웃겨주곤 한다. 너 역시 내가 촬영으로 힘들거나 지치면 애교를 부리거나 귀여운 캐릭터를 따라하면서 춤을 춘다.

이 날, 혹독한 운동을 해낸 너에게 나는 '엄지 척!'을 남겼다.

#칼로리 폭파 성공!

## 가끔은 너에게 의지되는 존재

늘 너에게 격려를 받고 있는 나이지만 그래도 가끔은 네가 나를 많이 의지하고 있다고 느낄 때가 있다. 내가 예비군 훈련이나 민방위 훈련에 가게 되어 떨어져 있어야 하는 날은 네가 며칠 전부터 불안해하는 게 느껴진다. 나 혼자 나가야 하는 날, 너는 우울해하며 묻는다.

"나도 같이 갈까? 옆에 조용히 있으면 안 돼?"

고작 몇 시간이지만 너는 죽을상이다. 그럴 때마다 네가 불안하지 않도록 쉬는 시간마다 전화를 하지만 집에 돌아와보면 집이 엄청 깨끗하게 정리되어 있다. 마음을 비울 때 슬픈 노래를 듣거나 집안 청소를 하는 너라서, 내가 없는 사이 노래를 들으며 청소했을 네 생각을 하면 조금 찡하다.

part4
운동해,
너와 함께하면
싫은 것도 좋아져

## 살이 차오른다, 운동장 가자!

천안에서의 신혼살림은 거의 빈털터리로 시작하는 것이나 다름없었다. 다섯 평짜리 단칸방에 주방과 방, 화장실이 욱여넣어져 있었다. 그런 상황에서 음식을 사서 요리해 먹을 생각이 들지 않았다. 결국 우리가 고를 수 있는 것은 라면 같은 인스턴트식품이나 치킨 같은 배달음식뿐. 건강에 좋지 않은 건 다 몰아서 먹었다. 결국 가뜩이나 작고 왜소했던 몸에 뱃살까지 붙게 되어 스스로가 보기에도 참 민망할 정도였다. 너도 눈에 띄게 몸이 안 좋아졌다. 왜 늘 몸에서 적신호가 켜져서야 위급함을 느끼는 걸까.

홈트라는 게 생소하던 시절이었다. 운동이란 무조건 밖에 나가서 돈을 주며 배워야 하는 것 아닌가? 하지만 식비도 아껴야 할 판에 비싼 강습료는 우리에게 사치였다. 고민할 겨를이 없었다.

"운동장이나 뛰자!"

이미 무거워진 몸이지만 우리는 달밤에 부랴부랴 원룸 앞
십 초 거리에 있는 초등학교로 나섰다. 초등학교 운동장에
서 나는 철봉 매달리기를 시작했고, 너는 뛰었다. 뭐라도 해
보겠다고 나간 게 우리의 첫 운동이었다.

## 함께 운동한다는 것

우리는 운동을 할 때에도 웬만해서는 떨어지지 않았다.

나는 근력을 키우는 게 목적이어서 매일 꾸준히 운동하는
편. 하지만 혼자 운동하기 심심했기 때문에 항상 네가 같은
공간에 있어주길 원했다. 너와 함께 운동하면 동기부여가
되기도 했고.

"운동 갈 시간이야! 오늘 나랑 복근 운동 다섯 세트, 어때?"

난 마냥 좋았다. 하지만 너는 아니었을지도 모르겠다. 어쩌
면 나는 너에게 너무 스파르타식으로 운동을 시키는 사람이
아니었을까? 지금 와서야 너에게 조심스레 물어본다.

"내가 그때 너무 운동을 심하게 시켰나?"
"아니야. 그렇게라도 운동할 수 있어서 좋았지……."

음, 그래도 사실 그때 너는 힘들었을 수도 있겠다.

그래도 한 가지 다행인 건 나도 요즘은 근력 운동에 집중하지 않고, 우리가 만든 영상을 보며 운동을 한다는 것이다. 그러면 자연스럽게 옆에 와서 살며시 나를 따라 운동하는 너. 그런 너를 볼 때면 기분이 좋아지고는 한다. 같이 운동하는 것의 즐거움이랄까!

## 운동보다 중요한 것

난 정말 운동 바보였다. 좋게 말하면 운동 바보. 나쁘게 말하면 운동 중독. 그 단계로 따지자면 말기 정도? 정말 심할 때는 하루 여섯 시간씩 운동을 했던 적도 있었고, 일이 늦게 끝나면 자정이 지난 새벽에라도 운동을 했다. 설이나 추석, 명절 그리고 크리스마스는 물론 해가 넘어가는 12월 31일 보신각 종이 울릴 때도 난 운동을 했다. 2015년 메르스가 유행했을 때에도 난 운동을 했다.

그때, 난 왜 그랬을까?

내 키에 대해 뭐라고 하는 사람은 거의 없지만, 난 항상 키가 작은 편이라는 게 싫었다. 학교 다닐 때부터 맨 앞줄과 앞번호는 항상 내 차지였고 그렇게 자란 나는 키에 대단한 콤플렉스를 갖게 되었다. 그러던 중 너를 만났다. 너는 내 키에 대해 한 번도 뭐라고 한 적이 없지만, 너에게만은 '어깨 넓은 남자'로 보이고 싶었다. 물론 어깨 깡패는 바라지도 않았고.

목표가 생기고, 돈을 아끼려 밤마다 초등학교 운동장을 뛰다가 이대로는 안 될 것 같아서 강습료를 내고 운동을 배우기 시작했다. 그렇게 운동 중독이 시작되었다. 그때부터 난 내 작고 왜소한 몸에 근육을 꾸깃꾸깃 채워 넣기 시작했다. 근육을 채워 넣으면 사람들이 날 더 이상 무시하지 않을 것 같았다. 그런 부푼 꿈(?)을 안고 난 더 미친 듯이 근육에 집착했다. 바야흐로 운동 강박의 시작이었다.

그렇게 근육을 채워 넣으면 넣을수록 내 자신감은 하늘을 찌를 듯이 높아졌지만, 이상하게도 세상이 보는 나에 대한 시선은 여전하다고 느꼈다. 난 내가 '근육남'이라고 믿었지만, 여전히 난 '키 작은 근육남'일 뿐 현실은 변하지 않았다. 하하, 어찌나 좌절했는지. 근육으로 무장하면 자존감이 올

라갈 줄 알았는데, 오히려 내 자존감은 근육에만 의존해서 더 작아지고 있었다.

가끔 멀리 여행을 갈 때도 운동시설이 있는 숙소부터 예약 해주고, 운동 후 내 단백질 분량을 생각해주던 너. 난 너에게 내가 꿈꾸어왔던 '어깨 넓은 남자'가 되었지만, 그 넓은 어 깨와는 반비례하게 '이기적인 남자'가 되어가고 있었던 것 이다. 그걸 깨달은 순간 그동안 운동을 하느라 너에게 못해 주었던 기억들이 나를 괴롭혔다. 그때부터 근육과 타협하기 시작했다.

지금의 난 길어봐야 한 시간 정도 집에서 간단한 운동과 스 트레칭만을 하고 가끔은 꾀를 부리며 넘어가기도 한다. 가 끔 외장하드를 열어 근육을 꾸깃꾸깃 채워 넣었던 그 시절 의 내 사진을 보면 부럽기는 하다. 하지만 지금의 나와 비교

146

해보면 지금의 내 표정이 훨씬 더 좋아 보인다. 단백질 강박관념에 걸려 매 끼니 고기를 채워 넣고 근육을 피로하게 해 몸에 염증이 가득했던 그때의 나보다도 지금의 낯빛이 훨씬 더 밝아 보이고 건강해 보인다고 주변 사람들도 말한다.

너는 그때나 지금이나 나에게 똑같이 잘해주지만, 가끔 그 때 얘기를 꺼내거나 사진을 보면 더 이상 그 시절은 기억하기 싫다고 얘기한다.

## 운동중독자의 서울 나들이

우리는 인천에서 태어나 줄곧 그곳을 벗어난 적이 없었기에 서울에 대한 동경이 굉장히 컸다. 그래서 쉬는 날이면 마음 먹고 서울에 숙소까지 잡아가며 나들이를 가고는 했다.

그때 한창 운동에 빠져 있던 나에게는 숙소를 잡을 때 한 가지 조건이 있었는데, 바로 숙소에 운동할 수 있는 장소가 있어야 한다는 것이었다. 연휴에도 운동하러 하루에 두세 번씩 간 적이 있었으니 서울 여행이라고 해서 예외는 아니었다.

오랜만에 서울까지 가서도 나는 운동을 하느라 모든 일정을 뒷전으로 두었다. 결국 서울 나들이는 흐지부지. 너는 화날 만도 했을텐데 묵묵히 내 옆에서 운동을 했다. 하지만 이제 는 그러지 않기로! 뭐든 적당히가 좋은 것 같다.

#어디서든 운동

## 집에서도 운동할 수 있어

건강을 되찾기 위해 초등학교 운동장에서 뜀박질하던 우리는 저렴한 금액을 내세운 광고 문구에 혹해서 동네에 있던 운동 센터를 찾았다. 난 그동안 동네 운동장에서는 보지 못했던 여러 가지 기구들을 접할 수 있어서 눈이 번쩍 뜨였다. 물 만난 물고기마냥 좋아했다고 표현하는 게 더 맞을지도 모르겠다.

하지만 너는 반대였다. 오히려 동네 운동장이 넓고 편했다며 런닝 머신에서 내 운동이 끝날 시간만을 기다렸다. 그리고 얼마 가지 않아 우리는 집으로 돌아왔다. 즉, 홈트레이닝을 시작한 것이다.

이미 예견된 결과였을지도 모른다. 태생적으로 집돌, 집순이인 우리는 바깥에서 하는 활동이 그리 편하지만은 않았다. 특히나 운동할 때 주변에 사람이 있는 게 편하지만은 않았고 미세먼지같이 공기 오염이 심한 날이 잦아지면서 밖에서 운동한다는 것이 부담스러워졌다. 그러다 보니 저절로 고민하게 됐다.

'집에서도 함께할 수 있는 운동은 없을까?'

홈트라는 단어조차도 낯설었던 시기였다. 아무것도 모르는 내가 무엇을 할 수 있을까? 하지만 인터넷 정보의 바다에 살고 있는 우리들에게 별 문제가 되지 않았다. 나는 정보가 넘치는 바다에서 헤엄치며 스트레칭, 재활, 필라테스, 요가 등 각 분야 최고의 스승들을 만나서 배우고 또 배웠다. 부족한 부분은 논문을 검색해보고 보충했다.

그리고 그동안 내가 해왔던 운동들과 다양한 정보를 찾아 동작들을 연결하여 네가 집에서도 할 수 있는 운동을 구성

했다. 그렇게 우리는 홈트에 빠지게 되었고 지금의 우리가
되었다.

## 지치지 않을 것

나의 콤플렉스를 극복할 수 있는 게 운동이었다. 그런 동기가 있었기 때문일까? 운동을 시작한 초반에는 힘들어도 그만두고 싶다는 생각은 해본 적이 없었다. 그저 운동 자체도 좋았고, 좋아서 하는 행위를 다른 사람, 너와 공유할 수 있다는 것도 너무 좋았다.

나의 목표는 근육이었고 너의 목표는 다이어트였다. 누구나 갖는 평범한 목표였다.

다만 나는 욕심이 과한 게 문제였다. 몸짱이 되겠다며 하루에 서너 시간씩 터무니없는 강도의 운동을 하거나 지나치게 식단을 조절해서 지치기도 했다. 함께 운동했던 너도 마찬가지. 우여곡절 끝에 우리는 그 단기 목표를 달성했다! 하지만…… 결과만을 중시한 노력이었기에 몸이 원상복귀되는 건 금방이었다.

멋진 몸에 대한 집착은 좋지만 멈추는 것도 필요했다. 당연한 말이지만 뭐든 지나치면 독이 된다. 이제는 최대한 즐기면서 할 수 있는 지속 가능한 운동과 식단의 중요성을 안다. 지속 가능하지 못하다면 그건 안하느니만 못하다고 결론을 내렸다.

지치지 않고 꾸준히 해나가는 것, 이제 그것이 우리의 목표이다.

## 집돌이도 소통이 필요해

우리는 태생부터 바깥과 친하지 않았다. 세상은 우리에게 그저 거친 정글과도 같은 곳. 집 안에 있는 게 우리는 가장 편했고, 그렇게 외출을 점점 줄여갔다. 이런 사람을 집돌, 집순이라 하던가.

외출은 하지 않더라도 기록 남기는 걸 좋아하던 우리는 소박하게 블로그를 시작했다. 처음에는 평범하게 집에서 만든 요리, 구매한 물건, 가끔 밖에 나가면 먹고는 했던 동네 맛집 등 일상을 포스팅했다. 우리의 일상에는 운동도 있었다. 그런데 웬걸? 유독 운동 관련 글이 인기가 좋았다. 운동 관련한 글이 점차 늘어나면서 더 많은 사람들이 우리에게 관심을 가져주는 게 아닌가? 그 관심이 참 좋았다. 우리는 신이 나서 블로그에 꽤 오랜 시간을 투자했더랬지.

집에 있어도 사람들과 만나는 순간은 좋았나보다.

## 최고의 스승은 나 자신

'나 자신에게 최고의 스승은 나 자신.'

그런 믿음을 가지고 혼자 아등바등 공부했던 것 같다. 순전히 블로그에 글을 올리기 위해서. 인터넷에 홈트레이닝이나 운동에 대한 정보는 생각보다 찾기 어려웠다.

결국 운동을 한다면서 지독하게 앉아 공부를 하게 되었다. 외국 서적이나 구글, 심지어는 논문까지 뒤졌으니. 그래도 그 덕분일까? 운동에 대해 꽤 알 수 있었고, 그렇게 얻은 지식을 블로그에 공유할 수 있었다.

물론 여유가 있었으면 돈을 내고 배울 수 있었을 거다. 하지만 그런 여유 따위는 없었기에……. 따로 배울 수 없다면 더 파고들면 되겠지! 그런 믿음으로 악착같이 배우고, 스스로를 생체실험(?) 삼아 경험으로 습득했다.

## 영상의 즐거움

내 글을 읽는 사람들에게 더 많은 것을 보여주고 싶었던 욕심에 동영상을 찍기로 결정했다!

당연히 제대로 된 카메라 장비는 없었고, 있는 것은 스마트폰 하나.

우리는 스마트폰을 구석에 세워두고 스쿼트하는 모습을 찍어 올렸다.

다른 사람들에게 보여주기 위해 찍었던 영상이지만 막상 운동하는 내 모습을 보는 것 자체가 스스로도 꽤 재미있었다. 자세를 확인할 수 있는 것도 큰 장점 중 하나. 처음에는 스쿼트 영상이었지만 점점 모든 운동을 찍고, 건강 분야까지 발을 넓혔다.

하나에 빠지면 꽤 꾸준히 하는 편이라 그런가? 영상을 찍는 것 자체에 대해 만족감이 상당해서 그렇게 일 년은 찍었다.

세상의 모든 다이어트

우리는 홈트 유튜버이기 앞서 평범한 다이어터이기도 했다.
그렇기에 힘든 운동 없이 살이 쭉쭉 빠지는 최고의 다이어
트 식단이 이 세상에 존재한다는 것을 믿고 싶어 했다. 물론
지금도 그런 식단이 있기를 기도한다.

운동도 운동이지만 인터넷이나 책, 그 외 어딘가에서 새로
운 다이어트 식단이 소개되면 제일 먼저 해보고 싶어 했다.
물론 그것이 반짝 유행하고 끝나버릴 수도 있다는 것을 알
면서도 일단 도전!

"요즘 이 다이어트 핫하다면서? 오늘까지만 먹고 내일부터
같이 해볼래?"

그렇게 도전하면 너는 오랫동안 해보는 편이고 나는 금방
포기하는 편이다.

#음식의 유혹은 끝이 없어

'저탄수화물 고지방' 식단이 유행했을 때도 마찬가지였다. 지방을 많이 먹을 수 있다는 말에 너는 기뻐하며 약 일 년 넘게 그 식단을 지켰다. 하지만 근육을 유지하고 키우기 위해서는 탄수화물이 필수였기 때문에 나로서는 도전하기 힘든 식단이었다. 그래서 나는 먼저 포기.

'저탄수화물 고지방' 식단을 철저하게 지키던 너는 이것저것 도전해보다가 그 식단이 무조건 지방만 많이 먹는 게 아니라는 것을 깨달았다. 그리고 점차 탄수화물 비중도 늘려보더니 결국, 이 식단의 요점은 '고지방'이 아닌 '저탄수화물'에 있다는 걸 깨달았다. 결국 다이어트로 소개되었던 그 식단은 '건강'을 위한 것이었다. 그걸 깨닫고 나서 다시 원래 식습관으로 돌아왔다.

그런 식으로 수많은 다이어트를 해보았지만 다 비슷하게 막을 내렸다.

처음에는 환상의 식단이라 생각하고 지키려 하지만 결국에
는 자기 자신의 몸에 맞는 지속 가능한 식단이 중요하다는
걸 깨달은 것이다.
그리고 여러 다이어트들의 장점들을 취합해서 지금의 식습
관을 만들 수 있었다.

사실 지금도 너는 간헐적 단식을 시도해보고 있지만, 다이
어트를 하기 위함이 아닌 그저 건강하게 꾸준히 지속할 수
있는 식단이라는 믿음으로 하고 있는 듯하다.

## 건강의 의미

당연한 소리지만 운동을 할 때 건강한 음식을 먹는 것은 중요하다. TV에서 건강한 음식을 소개하는 프로그램을 접하게 된 후, 우리는 깨달았다. 운동뿐만 아니라 건강한 음식도 중요하다고. 그렇게 건강 맛집을 찾기 시작했다.

처음에는 재미로 미션을 수행하듯 건강 맛집을 찾아다니고는 했다. 그것이 지금은 습관으로 굳어졌다. 날씬한 몸? 근육질 몸? 다 중요하긴 하지만 건강이 나빠지고서야 건강의 중요성을 몸소 체험했고, 우리가 중요하게 여기는 일순위는 건강이 되었다.

지금도 TV에서 나오는 건강 맛집을 찾아가기도 한다. 하지만 무엇보다도 나에게 가장 건강식은 네가 주방에서 만들어준 음식이겠지.

**part5**

# 반가워,
# 유튜브로
# 소통하기

첫 유튜브 진출

우리의 첫 유튜브 영상은 복근 운동이었다.

2015년 여름, 부천에 있는 한 작은 원룸에서 에어컨 전기세를 아끼려고 선풍기를 강풍으로 틀어놓고 땀을 뻘뻘 흘리면서 너와 티격태격하며 찍은 휴대폰 영상이었다. 평소처럼 블로그에 올리려고 찍었던 영상이었는데 블로그에 오류가 나서 영상이 올라가지 않았다. 그냥 흘려보내기에는 고생한 게 아까운데…… 고민을 하다 유튜브에 올렸다. 지금처럼 개인 유튜버들의 활동이 많지 않을 때였다.

그렇게 영상을 올리고 약 일 년쯤 지났을까? 어느 날 밖에 나갔다가 어떤 분이 나를 알아보았다.

"유튜브 영상에서 뵌 분 같은데……."

그분의 말 덕분에 문득 유튜브 영상이 생각나 유튜브에 접속해보니 그 복근 영상의 조회수가 상당했다. 그때부터였다. 그 뒤부터 우리는 운동 영상을 찍어 유튜브에 꾸준히 올렸다. 그렇게 하다 지금의 땅끄부부 채널이 만들어졌다.

처음 올렸던 복근 영상을 찍으며 너와 참 많이 다퉜는데 그 영상 덕분에 유튜브를 하게 된 것이니, 그때 싸웠던 것도 결과적으로는 잘된 일이라고 믿는다.

함께라서 할 수 있었어


첫 영상에서 부끄러워하던 너를 기억한다.

"가면이라도 쓰고 나갈까봐……."

많은 사람들이 보는 영상이라 자신감 없어 하던 너를 열심히 설득했다. 그렇게 해서 같이 나오게 된 영상, 그리고 그 다음 영상, 그 다다음 영상들.

영상들은 생각보다 반응이 좋았다. 나는 긍정적인 댓글들을 보여주며 너에게 자신감을 불어 넣어주었다. 처음에는 어색해하던 너도 차츰 흥미를 갖기 시작했고, 그런 너를 보며 나도 뿌듯했다.

내가 운동을 처음 했을 때부터 옆에서 항상 함께했던 너. 내가 늘 운동하는 공간에서 늘 지켜봐준 너와 함께였기에, 너와 내가 영상에서 합을 맞추는 건 그리 어렵지 않았다.

## 땅끄부부, 그 이름의 시작

작은 키가 콤플렉스였던 나에게 '키는 작지만 멋진 배우 탐 크루즈'는 최고의 배우였다. 그렇게 동경이 섞여 '탐 크루즈'를 본따 '땅끄루즈'를 만들게 되었다. 그래서 블로그 초창기 시절의 내 닉네임은 '땅끄루즈'였다.

너는 시대를 풍미한 여배우, '오드리 햅번'을 패러디해 '오드리 햇반'이라는 닉네임으로 활동하면서 우리는 '땅끄루즈& 오드리햇반'으로 불렸다. 2014년 11월 겨울에 올린 우리 블로그의 공지사항에서도 확인할 수 있다. 2015년 3월 12일 '맛있는 녀석들' 촬영 세트장에 놀러갔던 포스팅에서도 문세윤 씨가 '땅끄루즈 파이팅'이라고 외친 영상도 참고!

하지만 가볍게 부르기에는 닉네임이 조금 길다고 느꼈다. 그래서 나는 땡큐(Thank you)의 뜻으로 '땅끄', 너는 줄여서 '오드리'라 부르기로 했고, 그렇게 해서 땅끄부부가 되었다.

사실 이 별명과 채널명이 백 퍼센트 마음에 들지 않아서 바꿀까 생각했던 적도 있었다. 그래도 오랫동안 사용해온 별명이고 어감 자체가 귀엽다고 하시는 분들이 많아 계속 사용하고는 있기는 한데…….

점차 우리 유튜브 채널에서 비중이 높아지는 오드리를 위해 '오땅부부' 아니면 좋은 의미의 뜻을 더 부각시켜 '땡큐부부' 이렇게 바꿔볼까 생각했지만 사람 이름을 바꾸는 것처럼 오랫동안 써온 별명과 채널명을 바꾸는 것이 쉽지만은 않은 것 같다. '땅끄부부'라는 이름에 정이 많이 들었기에…….

히어로 부부의 탄생

사실 히어로 복장을 미리 계획하고 입었던 것은 아니었다. 그저 우리 집 거실이 스튜디오처럼 멋진 공간이 아니었기 때문에 나온 아이디어였다. 배경이나 특수효과를 넣을 수 있는 능력도 없으니 바꿀 수 있는 것은……

그래, 의상이라도 재미있게 입어볼까?
심지어 히어로라는 건 '악당을 무찌르고 세상을 구한다'는 의미를 가지고 있지 않나!
히어로에 비만을 유발하는 원인(악당)을 제거하고 건강하게 만들어주고 싶은(세상을 구한다) 우리의 마음을 담으면 안성맞춤일 것 같았다.

그리고 어쩌면 가장 중요한 이유일 수도 있는데, 우리가 마블, DC등 히어로 영화의 팬이라는 사실! 집돌, 집순이인 우리의 유일한 취미가 있다면 영화나 다양한 영상을 보는 것

\#천둥 파워!

#우리는 쌍둥이 히어로

\+ ↱ ···

인데, 역시 히어로 영화를 빼놓을 수는 없겠지!

그렇게 운동하는 히어로 부부가 탄생했다.

히어로 복장으로 운동 영상을 찍으면 영상을 보는 사람들도
즐겁지만 우리도 농담을 하거나 셀카를 찍으면서 촬영 전
긴장을 풀 수 있기 때문에 그야말로 일석이조. 다른 사람들
에게도 히어로 복장을 입고 운동을 해보라고 권하고 싶다.
생각보다 더 즐겁고 힘든 것도 잘 버틸 수 있을지도!

## 무적의 입맞춤

'전신 유산소 30일 챌린지' 영상을 찍던 날이었다. 힘든 운동을 찍어야 하기 때문에 최대한 실수를 하지 말아야 했다. 하지만 나의 실수, 실수, 연이은 실수.

둘 다 극도로 예민해지고 말았다. 나도 물론 지쳤지만 네가 참 지쳐 보였다. 네 모습을 보고 안절부절못했다. 그래도 나는 좋은 게 좋은 거지! 그런 마음으로 너에게 성큼 다가갔다.

쪽!

어색해진 분위기와 네 마음을 녹이고 싶은 최후의 비책이었다.
너는 그 입맞춤 한 번으로 모든 긴장과 화가 풀린 걸까. 탈없이 성공적으로 촬영을 마칠 수 있었다.

#온갖 잡생각이 사라지는 마법!

촬영을 마친 후, 영상을 편집하던 중 근사한 선물을 받았다.
우리가 입맞춤하는 장면이 담긴 것이다. 그 장면을 사진으로
남기기 위해 스마트폰으로 모니터 위에서 아래로 내려찍다
보니 꼭 만화 캐릭터처럼 보였다.

너는 이 장면이 꽤 마음에 들었는지 스마트폰의 배경화면
삼아 수개월 동안 가지고 다녔더랬지.
너의 그런 모습이 참 귀여웠다.

## 화장보다 분장

운동이나 다이어트가 지루하게 느껴지는 게 싫었다. 그리고 운동 효과에 대한 이론을 알고 하는 편이 훨씬 효과도, 동기 부여도 되지 않을까? 그랬기에 흥미가 생길 수 있는 다양한 방법을 시도해봤다.

식욕 영상을 만들어보려고 했던 날이었다. 식욕을 설명하기 위해서는 렙틴호르몬(포만감 호르몬)과 그렐린호르몬(배고픔 호르몬)에 대해 꼭 이해해야만 했다. 하지만 개념을 어렵게 설명하기 싫어서 내가 호르몬 자체가 되어 설명하기로 결정!

이때에도 네가 분장을 도와주었다. 이런 걸 보면 넌 화장에는 재능이 없지만 분장에는 꽤 재능이 있는 것 같네.

#다이어트 십 일차!

≡

#식욕 요정 그렐린

#그렐린의 갑작스러운 전화!

유튜버의 일상


다른 분들은 어떻게 하시는지 잘 모르지만 유튜브에 올리는 영상을 찍기까지 우리는 이런 과정을 거친다.

첫 번째, 영상 소재 찾기.
사실 블로그를 하던 시절부터 사오 년 동안 운동, 다이어트를 다뤄왔기 때문에 소재 찾는 것은 그리 어렵지 않다. 하지만! 수많은 소재 중에서 일주일마다 딱 한 가지를 만들어야만 한다면 얘기가 달라진다. 소재를 찾기 위해 가장 중요하게 생각하는 곳은 바로 댓글! 되도록 구독자들의 요청이 높은 주제에서 찾으려고 한다.

두 번째, 영상 준비.
촬영 준비는 가장 오래 걸리는 작업! 운동 구성과 의상 준비, 리허설 정도인데 운동 구성을 자연스럽고, 지루하지 않게 다듬어가는 작업이다.

세 번째, 영상 촬영.

보통 점심 이후에 촬영을 시작한다. 거실에서 찍기 때문에 우선은 커튼은 다 쳐놓고 빛을 막는다. 거실에는 그저 삼각대에 카메라, 조명, 마이크 정도만 놓여 있지만 그래도 늘어놓으면 평소 생활하던 공간이 꽤 그럴싸한 스튜디오로 변한다.

그리고 그때부터 영상을 찍다가 실수하면 안된다는 생각에 살벌해지는 분위기…….

촬영이 끝나면 일주일 동안 쌓인 긴장이 풀린다. 그리고 우리는 저녁식사를 준비한다. 대부분 힘이 빠져 식욕도 없고 무엇을 요리해 먹을 기운조차 없어서 그냥 아무거나 주워먹기도 하지만.

그래도 그때부터는 너의 스테이지가 된다. 너는 우리의 에너지를 책임져주는 요리를 하고 그 에너지로 잠에 들 수 있다. 그렇게 하루가 마무리된다.

네 번째, 영상 편집.

바로 다음 날 편집한다. 편집자는 단 한 명. 바로 나.

별로 거창한 건 없다. 그냥 사용하던 노트북이면 된다. 영상에 대해 전문적으로 배운 건 없지만 독학으로 깨친 편집 프로그램을 이용하면 어찌어찌된다. 사실 영상 준비와 촬영까지의 과정은 어떻게 보면 재밌고 흥미진진하다고 말할 수 있겠지만, 편집은 굉장히 고독한 노동이다.


그러고 나면 드디어…….

영상 업로딩의 시간이다!

## 행복한 노동

편집이 끝나면 파일을 고이 모셔두었다가 업로딩 날을 기다린다. 이 시간이 나에게는 가장 길게 느껴진다. 완성 파일에 이상이 없는지 스무 번 이상을 돌려보며 체크하다 보면 구독자분들의 반응이나 댓글 등이 머릿속에서 자동 시뮬레이션된다!

이 '행복한 시뮬레이션'이 계속되면 될수록 업로딩 날짜가 멀게만 느껴진다. 그리고 드디어 대망의 디데이! 떨리는 손가락으로 버튼을 누르며 나는 너에게 외친다.

"올렸다!"
"진짜?"

그때부터 너는 후다닥 채널에 들어가서 영상 아래에 한두 개씩 달리는 댓글들을 확인하면서 환호성을 지른다.

하지만 사실 이게 끝이 아니라는 것!

끝은 새로운 시작이라 했던가……. 이제 영상 밑에 달리는 댓글들을 하나하나 확인하고 하트를 달고 답글을 다는 작업이 시작된다. 영상을 올린 당일과 그 다음 날 댓글수가 가장 많기에 쉬지 못하지만 그래도 '행복한 노동'을 하며 우리의 하루는 지나간다.

너와 나의 분업

우리는 살이 쭉쭉 빠지는 운동, 일명 '살쭉빠' 영상을 만들기로 했다.

지금까지 우리가 했던 운동들 중 가장 무리 없이 할 수 있으면서도 땀이 많이 나고 칼로리 소모가 높아서 효과가 좋은 동작! 그런 동작들을 먼저 머릿속으로 떠올렸다. 동작들을 떠올리는 건 쉬운 일이지만 이전 영상들에서 공개했던 동작들과 최대한 겹치지 않도록 하고, '살쭉빠'만의 구성을 잡는 건 어려웠다.

영상 찍는 준비를 할 때 우리에겐 각자 정해진 일이 있다. 동작은 내가 구성하는 편이고, 그 순서를 자연스럽게 다듬는 건 너의 몫이다. 그리고 영상에서 입을 의상도 준비해준다.

영상 찍을 준비가 되면 구성해놓은 운동을 너와 함께 몇 주

#살쭉빠 영상 찍다가 살 쭉 빠지겠네!

#팬 분들과의 살쭉빠 라이브

간 수차례 반복해본다. 그리고 필요한 부분을 찾아서 다듬는다. 예를 들어 초반부터 따라 하기 어려운 동작을 넣으면 구독자 분들이 포기할 수 있기 때문에 되도록 쉬운 동작은 앞쪽에 구성한다. (물론 나 역시 따라 하기 벅차기도 하다.) 그렇다고 너무 쉬우면 지루하기 때문에 동작들의 순서 배열을 잘 구성하는 게 중요했다.

cheer up 요정

영상을 찍을 때마다 유독 긴장하고 극도로 예민해지는 나.
그러다보니 실수는 더 반복되기 마련이다. 그럴 때마다 너
는 지칠 만도 한데 나를 다독인다.

"한 번만 더 해보자. 지금 이렇게 포기하면 지금까지 연습한
게 너무 아깝잖아."

너의 말에 나는 정신줄을 잡게 된다.

머릿속에 동작 실수나, 정보 전달, 운동 순서 등 수십 가지의
생각이 왔다 갔다 할 때는 숨이 턱턱 막힌다. 하지만 막상 너
는 내가 실수할 뻔한 동작들도 웃음으로 넘겨주었다. 그런
네 덕분에 자신감을 얻어 불가능할 것이라고 생각했던 한
시간짜리 운동을 무사히 마칠 수 있었다. 지루하고 힘들 수
도 있는 한 시간짜리 운동에 중간중간 활력을 주는 이벤트

들은 모두 너의 아이디어. 함께해준 네가 너무나 자랑스럽고 참 예뻤다.

너의 북돋음으로 완성된 영상들을 볼 때마다 나는 너에게 빚을 진 기분이다.

휴식이 필요해

운동하기에 더 자유로운 환경이 필요했다. 넓은 공간에서 영상을 찍고 싶어 이사를 하려고 했지만 이게 무슨 일인가! 사정이 생기면서 계약금을 돌려받지 못했다. 아무리 적은 돈이라도 허투루 쓰지 않으려 노력하던 나와 너. 적지 않은 금액이었고 처음 겪어보는 일에 굉장히 좌절했다.

그렇게 충격과 공포로 멍 때리는 사이, 그동안 밖에 나가지도 않고 영상만 만드느라 주변을 돌아볼 줄도 모르고, 스스로에게 보상도 주지 않았다는 것을 깨달았다. 그 순간, 우리는 운동 영상을 만들기에 가장 바쁠 때인 2018년 여름에 잠시 활동을 접었다.

정말 많은 고민을 했다. 단지 계약금 문제만이 아니었다. 그 문제에서 시작된 수많은 고민들. 우리 유튜브 채널의 정체성, 인생의 방향성…… 인생 전반에 대한 고민이 한꺼번에 몰려왔다. 짧은 시간에 너무 많은 것들이 몰려온 것이다. 그래서 일단 멈춤.

All stop!
우리는 과감히 쉬기로 결정했다.

평소에 내가 게임을 좋아하던 걸 기억하고 있던 너는 내 휴식을 위해 오락기를 사주었다. 그렇게 우리는 하루 종일 집 안에서 아무 생각 없이 게임을 했다. 무언가에 푹 빠져 지내는 것만으로도 재충전의 시간이 되었다. 여행 계획도 세우고, 잠도 많이 자고, 아무 생각도 하지 않으며 그야말로 힐링의 시간을 보냈다.

## 댓글 집착증

따로 돈 주고 운동을 배우는 것은 꿈도 못 꾸던 시절, 혼자 운동을 하다 궁금한 점이 생겼다. 주변에 물어볼 사람이 없어서 끙끙대다가 인터넷에 질문을 남겼지만 며칠이 지나도 댓글이 달리지 않았다.

그러던 어느 날, 댓글 한 줄이 달렸다. 그 내용이 지금은 기억조차 안 나지만 너무나도 감사했던 기억만큼은 생생하다. 그때 생각했다.

'나도 누군가에게 도움이 되는 사람이 되어야지.'

그해 겨울, 나는 블로그를 시작했고 그때부터 포스팅을 올리는 것보다도 댓글이라는 것에 약간 집착 아닌 집착을 했던 것 같다. 한 줄, 한 줄 정성스럽게 댓글을 달아드리고 소통하는 게 내 소소한 낙이었다.

그렇게 아무 계획 없이 시작한 블로그와 댓글은 내 생활의

일부가 되었고 더 나아가 내 인생이 되었다.

그 뒤로 우리는 댓글에 가장 많은 시간을 쏟는다. 영상은 만들고 업로드 하면 끝이지만, 댓글은 그 영상이 지워지지 않는 한 계속해서 달린다. 그래서 하루에 서너 시간, 지금은 더 많은 시간을 댓글에 쓴다.

누군가는 말한다. 채널이 성장할수록 댓글은 포기해야 한다고. 하지만 우리는 포기할 수 없다. 소통을 해야 피드백도 받고 성장하지 않을까? 쉽지 않다는 건 알고 있다.

매일 둘이서 채널에 달리는 댓글에 답글을 달고 있지만 지금보다 더 늘어난다면 계속할 자신은 없다. 그래도 우리가 할 수 있을 때까지 댓글로 소통하고 싶다. 언젠가 댓글이 우리가 관리할 수 있는 범위를 넘어버리겠지만 힘닿는 데까지 노력해야지!

떨리는 마음은 피오나 공주로


사 개월 반의 휴식 후, 어느 정도 정신을 차렸다고 생각한 우리는 라이브 방송을 시작했다.


오랜만에 하는 방송이라 설레기도 했지만 어찌나 떨렸는지. 그 떨림을 감춰보기 위해 우리는 한 가지 아이디어를 냈다.


바로 재미있게 분장하기!
너는 슈렉, 나는 피오나 공주.


내 공주 분장에 너는 긴장을 다 잊은 듯했다.


"너 공주 분장 찰떡이다!"


박장대소하던 너.
너의 웃음에 떨림이 조금 사그라진 것 같았다.

☰ ▶

#핑크가 잘 어울리는 남자, 초록이 잘 받는 여자!

## 공간이 필요해

우리 집은 넓은 편이 아니다.

운동 영상을 찍으려면 공간을 확보하기 위해 가구들을 치워 놓아야 한다. 물론 운동할 수 있는 공간을 찾아 이사 가고 싶지만 아직은 여유도, 때도 아니라 생각하고 현재 집에 정착했다.

거실은 나름 운동 영상을 찍기에 나쁘지 않다. 하지만 가끔 영상을 찍다가 방해를 받을 때면 운동만 할 수 있는 공간을 갖고 싶다는 생각이 든다.

한번은 마무리 동작을 하던 순간에 관리사무실에서 공동 방송이 나와 영상을 못 쓰게 된 적도 있었고, 가끔은 택배 배달 벨소리 때문에 영상을 찍다가 중단한 적도 있었다. 그 이후로 관리사무소 방송이 나오지 않을 시간대를 고르거나 택배가 올 것 같은 시간이면 문자로 기사님께 벨을 누르지 말아

달라고 연락해놓고 영상 촬영을 한다.

그래도 언젠가 여유를 가지게 되면 우리만의 집과 공간을 가지고 싶다. 너와 나의 운동 공간 마련의 꿈!

복근의 추억

이상하게도 복근운동에 관한 영상을 찍을 때마다 우리는 자주 투닥거렸다. 첫 번째는 물론이고, 두 번째도 마찬가지.

복근이 찢어질 것 같은 운동을 하는 도중에 실수하면 이미 너무 많은 에너지를 소진해서 재촬영이 불가능해져버리기 때문인걸까. 아무래도 그런 이유 때문에 실수에 더 예민한 걸지도. 지금 그 복근 영상들만 봐도 복근이 아려온다.

드디어 세 번째 복근 영상을 찍을 차례가 왔다. 그리고 난 마음먹었다. 이번만큼은 어떤 상황이 닥쳐도 모든 걸 그냥 넘어가자! 멈추지 말고 진행하자! 운동 순서에 대한 만반의 준비도 끝냈으니 문제 없다!

그렇게 마음을 먹은 덕분일까? 처음으로 다투지 않고 영상을 마무리할 수 있었다. 마음먹기의 힘이 새삼 대단하게 느꺼졌다. 그렇게 탄생한 것이 구독자 분들에게 많은 사랑을 받은 '복·근·밥'(복근 밥 먹듯이 만들기) 영상이다!

백만 유튜버가 되던 날

처음에 다른 백만 구독자의 골드버튼 유튜브 채널들을 보면서 생각했다.

'내 인생에 저런 대단한 것을 받을 날이 올까?'

그런데 현실이 됐다!
물론 현실감은 없었다.

숫자에 둔감한 우리이지만, 그래도 백만이라는 숫자는 달랐다. 유튜브 채널 구독자가 백만이 되었다는 건 백만 명의 사람들이 함께해주셨다는 의미며, 그 자체만으로도 대단하지만 그 이상의 의미가 있겠지.

사실 워낙 소소하게 시작했던 우리는 십만이라는 숫자를 달성했던 날을 더 기뻐했던 것 같다. 십만 구독자를 찍었던 날은 둘이서 축하 파티를 했을 정도였으니까!

사실 구독자가 백만 명을 달성했다고 누가 가르쳐주거나 하지 않는다. 백만 명을 달성했다는 내용을 담아 유튜브에 메일을 보내보았고 수개월 후, 무인택배함에 덩그러니 놓여있는 수상한 상자를 발견했다. 미국에서 온 수상한 상자. 골드버튼 액자를 받기 전에는 어디에 놓을까, 어떻게 자랑을 할까 했는데 막상 받아보니 얼떨떨했다. 우선 무지막지한 크기에 놀랐고, 심지어 놓을 공간이 없어 한동안 구석행.

한동안 방황하던 골드버튼 액자는 결혼 구 년 만에 처음 갖게 된 내 방에 안착하게 되었다. 너는 그 방을 꾸며주면서 유리장 안에 액자를 잘 보이게 세워 주었다. 주위에 자랑도 하고 싶었으나 우리는 주변에 지인도 친구도 연락할 사람조차 없었다. 굉장히 조용했던 날.

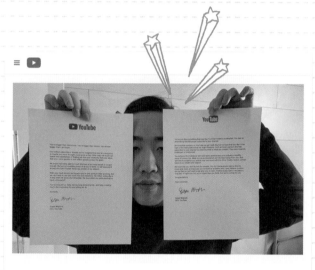

#백만 명과 함께했다는 영광의 증거!

#생각보다 너무 커서 놀랐다

변한 건 없어

예전이나 땅끄부부로 사람들에게 알려지기 시작한 지금이
나 우리 생활에는 변화가 없다. 오히려 우리는 예전보다 영
상을 찍는 데에 더 몰두하느라 집 밖에 잘 나가지 않기에 무
엇이 바뀌었는지 체감할 수 없다.

아주 가끔 쇼핑을 하러 나가거나 은행에 볼 일이 있을 때, 외
출해야 할 일이 생기면 해야 할 일 목록을 빼곡하게 적어 나
간다. 하루에 다 처리하기 위해서이다. 그럴 때 감사하게도
가끔 알아보시는 분들이 있는데 그때서야 '우리가 열심히
했구나.' 하는 걸 느낀다. 그것 빼고는 신기할 정도로 변한
것이 없다.

## 선한 영향력

어느 날 한 구독자 분이 말씀해주셨다.

"땅끄부부 영상이 국내 인기 영상 부문에 올라갔어요!"

정말인가? 깜짝 놀라서 확인해봤더니 진짜였다! 마냥 신기
했다. 상을 받거나 누군가에게 칭찬을 들은 것은 아니지만
우리가 열심히 했던 결과물을 많은 사람들이 보았다는 것만
으로도 인정받은 거겠지? 이 즐거운 소식을 우리는 우리끼
리 조용히 알고 있기로 했다.

그리고 다짐했다.

이제까지 고생도 많이 했으니 이번에야말로 날개를 한번 펴
보자!
더 열심히 해서 많은 분들에게 선한 영향력으로 좋은 운동

영상을 전달해드리자!

영상 한 편을 찍을 때마다 대충 찍지 말자!

정성을 담아서 계속 봐도 질리지 않고 일상에도 도움이 되는 영상을 만들자!


그런 다짐을 한 날이었다.

구독자 분들과 첫 만남

블로그와 유튜브를 해오면서 팬미팅이라는 것을 해볼 생각
조차 하지 않았다. 우스갯소리로 우리 스스로를 '가상의 인
물들'이라고 부를 정도로 우리는 인터넷에서만 활발하게 활
동했다. 영상을 올리고 댓글들을 보며 소소하게 즐거워하는
생활만으로도 충분히 만족스러웠다.

하지만 어느 순간 그래도 우리와 함께해주시는 팬 분들을
직접 만나보고 싶었다. 마음에 불씨가 일어나자 우리는 말
그대로 질러버렸다.

'만납시다!'

이왕 팬미팅을 할 거라면 의미 있게 만나고 싶었다. 우리는
평소부터 마음에 두고 있던 유기견 보호소에 연락하여 봉사
활동 일정을 잡고 함께할 분들을 모집한다는 글을 올렸다.

그리고 당일 아침이 밝았다. 전날 우리는 잠이 오지 않아 평소보다 한두 시간 늦게 잠들었지만 긴장한 탓에 피곤한 줄도 몰랐다.

바깥 온도 삼십육 도의 폭염주의보가 내려진 어느 토요일, 가장 더운 오후 세 시. 솔직히, 정말 아무도 못 오실 줄 알았다. 전날까지 날씨가 괜찮았는데 당일이 되자 아침부터 뉴스에서 폭염주의보 기사를 연신 내보내며 바깥활동을 자제하라고 경고까지 했기에. 게다가 사 년 만에 하는 첫 팬미팅이지만 결국은 유기견센터 봉사활동을 하는 것이었기에 팬분들이 못 오시면 어쩔 수 없이 너와 둘만이라도 봉사하자고 마음먹었다.

마음을 다잡고 약속 장소인 남양주에 있는 한 카페에 들어설 때 어찌나 떨리던지. 이렇게 떨렸던 적은 수능시험을 볼 때 빼곤 없었던 것 같다. 약속 장소로 한두 분씩 들어올 때마다 심장소리가 내 귀에 들리는 것 같았다. 인사도 제대로 못 드린 것 같다. 놀랍게도 우려와 달리 전원이 참석해주셨다. 얼마나 감사했는지. 보호소 센터 인원 제한이 있어서 소규모로만 뽑을 수밖에 없는 것이 아쉬웠지만 그래도 한 분, 한 분과 이야기를 나눌 수 있다는 건 행복했다. 그중에는 천안, 전주에서 올라오신 분들도 계셨다. 모두 버려진 아이들을 위해 봉사하겠다는 결의에 찬 의지가 눈에 보였다. 센터에 가기 전 잠시 카페에 앉아서 얘기를 나누었는데, 그 시간이 어찌나 짧게 느껴지던지 한 시간이 일 초 같았다. 너무도 좋았던 팬 분들과의 첫 수다. 다행히 이야기를 하면서 긴장은 서서히 가라앉았다.

인사를 마치고 우리는 남양주 어느 산 중턱에 있는 유기견 보호소까지 도보로 올라갔다. 그곳에서 겨울 내의보다 더 더운 방진복과 마스크, 목장갑을 착용하고 봉사활동을 시작했다.

사실 봉사는 생각보다도 훨씬 더 힘들었다. 대형견사에 직접 들어가 털을 손으로 일일이 빗어주고 떨어진 털을 치우고 대변을 떠서 버리고 물청소를 하고…….

하지만 가장 힘들었던 것은 더위도 힘든 작업도 아니었다. 폭염주의보로 머리끝부터 발끝까지 땀으로 홀딱 젖어버렸지만 그건 괜찮았다. 견딜 만했다. 버려진 아이들을 직접 보고 만지면서 그 아이들에게서 슬픔과 절망이 느껴지는 것이 더위보다도 훨씬 더 힘들었다.

그래도 우리는 씩씩하게 봉사를 다 마쳤다. 급하게 계획했던 첫 팬미팅이었지만 끝내고 나서 많이 생각을 했다. 너무도 감사하고 자랑스럽다. 이런 분들과 함께라니……. 우리

부부는 분에 넘치는 사랑을 받고 있나 보다. 이런 분들과 채널을 함께해 나간다는 사실이 너무도 감동이다.

언젠가 하게 될 다음 팬미팅도 이렇게 뜻 깊고 의미 있게 하고 싶다는 생각을 하면서 집으로 돌아왔다.

## 이런 크리에이터가 되고 싶어

크리에이터라는 호칭조차 아직 낯선 우리. 그래도 뭔가 멋진 어감이기에 들으면 좋다. 하지만 막상 누군가 밖에서 우리를 크리에이터라고 부르면 쑥스러워 할 듯.

크리에이터는 사람들에게 도움되는 영상이나 콘텐츠를 만들어서 공유한다는 점에서 너무나 멋진 직업인 듯하다. 우리도 단순히 콘텐츠를 만들고 공유하기보다도 많은 사람들에게 건강과 행복이라는 가치를 전달해주고 싶다.

아직은 부족하지만 긍정의 에너지를 사람들에게 돌려줄 수 있으면 좋겠다. 단순한 크리에이터로 불리기보다 '많은 사람들을 건강하게 해주고 행복하게 해주는 부부'라고 불리었으면 하는 작은 소망이 있다!

그러기 위해서는 우리의 노력도 많이 필요하다. 기부나 봉사활동이 우리가 첫 번째로 생각한 계획 중 하나이고 점차 나아가서 사람들에게 긍정 에너지를 선순환 시킬 수 있는 방법들을 모색 중이다.

혹시, 좋은 아이디어 있으면 저희에게 알려주세요!

땅끄가 오드리에게

사실 이렇게 편지를 쓰는 것도 참 오랜만이다! 언제였는지 기억은 잘 나지 않지만, 아마도 우리 연애할 때 내가 가끔 네가 일하는 곳에서 짤막한 편지를 썼던 것 같은데……. 참 오래전인 것 같아.

그 흔한 결혼식도 결혼사진조차도 너에게 해주지 못했지만 그래도 결혼 구 년차 부부로 불리며 이렇게 살고 있구나.

내가 책을 쓰게 된 건 이런 이유에서였어.
그 흔한 어떤 것도 너에게 주지 못해서 지금이라도 의미 있는 걸 남겨보고 싶다는 생각이 문득 들더라고.

우리가 삼백육십오 일 거의 이십사 시간을 붙어 있었기 때문에 책 내용에 새로운 이야기가 없겠지만 그래도 내 입장에서 우리가 함께 지내온 날들을 글로 정리해보고 싶었어.

편지를 쓰는 지금도 약간은 오글거리긴 하다. 그래도 이렇게 쓴 기억들과 추억들이 글로 잘 정리되어 영원히 남았으면 좋겠어. 그런 마음으로 이 책의 페이지를 넘겨주길 바란다.

항상 내 옆에 있어줘서 고마워!

오드리가 땅끄에게


벌써 우리가 만난 지 십 년이 다되어 가네!

처음 너의 모습을 기억해.
어려 보였지만, 당당해 보였던 너. 촌스럽지만 약간 달라붙는 부츠컷 바지에 구두를 신고 무엇이든 다 해낼 것 같았던 너였지.

그런 너와 함께 십 년 가까이 떨어지지 않고 붙어 지내며 지금까지 왔어. 한순간 같았지만 정말 오랫동안 쌓아온 기억들이야. 그런 우리의 아름다웠던, 하지만 힘들기도 했던 기억들을 이렇게 한 편의 책으로 엮느라 고생이 많았어.

외장하드에만 가지고 있던 오래된 사진, 부족하고 힘들었던 그 시절의 사진들. 우리 둘만의 기억으로만 영원히 남을 거라 생각했는데, 우리가 살아온 과정을 함께해주시는 분들께 보여드릴 수 있는 기회가 생겨서 행복하다고 느껴.

항상 너에게 고마워. 내 옆에 있어줘서.

내일 더 사랑스럽게, 더 건강하게


물론 나에게도 욕심이란 게 있기에 채널이 더 성장하고 커지면 좋겠다고 생각한다. 그래도 우리는 '지극히 평범한 부부'라는 땅끄부부의 정체성을 잃어버리고 싶지 않다.

너와 나의 이 긴 여정에는 거창한 목표가 존재하지는 않는다.

좋은 차, 좋은 집, 명품……
다 좋지만 그래도 무엇보다 나는 우리가 건강했으면 좋겠다.
그리고 더 나아가 행복했으면 좋겠다.

물질적 축복은 그 다음이다. 건강과 행복이 허락된다면 물질적 축복은 따라오리라 믿는다. 처음 우리가 만났을 때 여유롭지 못해서 건강까지 안 좋아졌던 기억이 난다. 나는 지금 우리가 하는 운동과 식단의 궁극적인 목표를 건강으로 삼고 있다. 너와 내가 이렇게 유튜브 채널을 하는 이유도 보

는 분들에게 건강과 행복을 전달하기 위한 큰 프로젝트이
다. 사실 이건 비밀이지만 말이다.

고작 영상으로 건강과 행복을 전한다니 너무 거창한 걸까?

아니다.
우리의 신혼 시절, 집에서도 할 수 있는 홈트가 있었다면 우
리는 굳이 어두운 밤 초등학교 운동장에서 모기에 쫓기며
뜀박질을 하지 않았을지도 모른다. 그리고 여유가 없었던
그 시절 조금 더 즐겁게 운동할 수 있었을지도 모른다.

항상 영상을 만들 때면 생각한다.
이 영상이 정말 필요한 분에게 닿을 수 있으면 좋겠다고.

그런 마음으로 만들었던 '칼로리 소모 폭탄 운동(칼소폭)'은

우리의 바람대로 여유가 없어도 꼭 운동을 해야겠다는 분들에게 잘 전달된 것같다. 그리고 그분들이 우리 영상에 댓글로 좋은 에너지를 다시 전해주었다. 그 에너지를 받아서 우리는 매주 새 영상 찍기에 도전할 수 있는 것이다.

이렇게 영상을 통해 우리가 건강과 행복을 구독자 분들에게 전달하면 그분들도 건강하고 행복해질 것이고, 우리 역시 그분들의 좋은 에너지와 사랑을 받게 될 것이다. 그 에너지를 얻어 우리는 또 건강하고 행복해질 수 있는 영상을 만들겠지. 이런 식으로 선한 에너지가 계속해서 순환되면 그야말로 선순환이라고 말할 수 있지 않을까? 난 그것이 우리 인생의 소명이라고 생각한다.

더 많은 사람들이 건강하고 행복했으면 좋겠다.
그리고 너와 나도……

## 에필로그

그럼 이상으로 긍정 뿜뿜! 건강 뿜뿜! 알콩달콩 에피소드들을 마치겠습니다!

책을 쓰기 전 오드리와 다짐을 했던 것이 기억이 납니다. 많이 팔기 위해서, 더 유명해지기 위해서 쓰지 말자. 인생의 어느 한 점에서 우리의 이야기를 구독자 분들에게 솔직하게 들려주기 위한 기록이라고 생각하고 쓰자. 이런 마음이었습니다.

그렇게 첫 장을 넘기며 시작했던 글이 어느새 마지막 페이지를 향해 왔습니다. 에필로그를 쓰는 지금 돌아보니 지금까지 써온 짧은 글들이 정말 마음속에 담겨 있던 이야기를 꺼내놓은 것 같아 후련한 마음도 듭니다.

마지막 장까지 함께해주신 여러분들에게 너무나 감사드리

며, 앞으로도 계속될 저희의 소소한 이야기들도 유튜브나 블로그에서 천천히 들려드리겠습니다.

혹시나 책을 읽어보시면서 아쉬웠던 부분이나 궁금한 부분이 있으시다면 주저 없이 유튜브 영상에 댓글 남겨주세요. 최대한 시간이 되는 대로 읽고 답글 달아 드리겠습니다. 도움이 되셨다면 이 책, 《땅끄부부, 무모하지만 결국엔 참 잘한 일》에 대해 오랫동안 '좋아요'와 '구독~' 부탁드립니다!

그럼, 하나, 둘, 셋~ 오드리와! 땅끄까지! (땅끝까지!)

부록

'땅끄부부' 채널에서
가장 많이 물어보는
BEST Q&A!

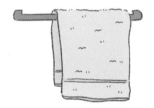

## Q 운동은 하루에 얼마나 해야 할까요?

A '20분 이상을 해야 지방이 연소된다'는 건 대표적으로 잘못 알려진 다이어트 상식 중 하나입니다! 우리 몸은 숨만 쉬고 있는 지금도 지방을 연소시키고 있답니다. 운동은 그것을 도와주는 촉매제 정도라고 생각해주시면 됩니다.

'운동을 하루 얼마나 해야 할까'에 대한 답은 '자신'에게 있다고 할 수 있습니다. 자신의 상황과 몸 상태를 고려해서 유연하게 조정해 나가는 것이 정답입니다.

예를 들어, 너무 바쁘거나 몸 상태가 좋지 못한 날에는 5~10분이라도 집중해서 한다면 그 운동은 가치 있는 운동이 됩니다. 운동을 아예 안 하는 것보다 5~10분이라도 집중해도 하는 게 좋다고 생각하거든요.

운동과 다이어트는 멘탈싸움이라고 생각하기 때문에, 하루를 건너뛰어 버리면 그 다음 날도 그 다다음 날도 건너뛸 수 있는 여지를 남겨 놓게 됩니다. 그렇기 때문에 '얼마나'보다 '꾸준히'가 중요하다고 보시면 됩니다.

물론 운동을 너무 오래해도 좋지 않습니다. 우리 몸에서 너무 많은 에너지를 사용하면 코르티솔 호르몬이라는 것을 분비되는데, 일명 스트레스 호르몬이라고 부릅니다. 이것은 우리 몸의 생체리듬을 저하시키고 근육 손실, 근육 피로를 유발하거든요. 이렇게 되면 기초대사량도 낮아지면서 살이 안 빠지는 체질이 되어버립니다. 결국, 가장 적정한 운동시간은 건강한 컨디션일 때 하루 한두 시간 정도라고 생각하시면 됩니다.

Q 근력 운동과 유산소 운동의 순서에 대해 알려 주세요.

A 운동 효과를 많이 보기 위해서는 에너지가 많은 운동 초반에 근력 운동을 먼저하고 그다음 유산소 운동을 이어서 해주는 게 좋습니다. 순서를 말하자면 스트레칭-워밍업-근력 운동-유산소 운동-쿨다운-스트레칭 정도라고 할 수 있죠.

하지만 운동에 답은 없습니다. 자신의 신체 리듬과 상황에 맞게 유산소 운동을 먼저 시작할 수도 있습니다. 격렬하지 않은 유산소 운동은 그 자체로 스트레칭과 워밍업 효과도 있기 때문에 가볍게 유산소 운동을 하고 근력 운동을 해도 나쁘지 않습니다.

여러 가지를 해보고 자신에게 맞게 조합해 나가는 것이 정답!

**Q 다리 운동을 하면 더 살이 찌는 것 같은데 괜찮나요?**

A 우리 신체 중 근육이 70퍼센트 정도 몰려 있는 곳은 바로 하체입니다. 단순히 우리가 하체라고 부르는 이곳은 여러 가지 근육들이 조합되어 있습니다. 즉, 앞벅지 대퇴사두근, 뒷벅지 햄스트링, 종아리 비복근, 엉덩이 대둔근이 몰려있는 곳이며 이 근육들을 사용할 때 펌핑이라는 현상이 일어납니다.

펌핑은 근육이 수축 이완을 반복할 때 혈액이 응집되면서 커지는 현상을 말합니다. 이 펌핑 현상은 단순히 운동할 때뿐만이 아니라 걷거나 서 있을 때도 나타나지요. 최대 25퍼센트까지 부피가 불어난다고 합니다. 더 격렬한 운동을 할수록 펌핑 현상은 더 많이 그리고 오랫동안 일어나며 부피가 커진 근육은 길게는 일주일간 지속되기도 합니다. 처음 다리 운동을 하거나 운동을 접한 사람이 살이 빠지지 않고 오히려 붓거나 커졌다고 하는 경우는 대부분 근육의 펌핑 현상이라고 볼 수 있습니다. 이것 때문에 운동을 포기한다면 다이어트를 지속할 수 없겠지요. 이 펌핑 현상을 이해하면서 꾸준히 운동을 지속해야 결국 펌핑이 가라앉으면서 멋진 몸이 완성되는 겁니다.

다리살 쉽게 빼는 방법

다리살 빼는 방법

Q 단백질은 언제 섭취해야 할까요?

A 근력 운동뿐만이 아니라 다이어트를 할 때에도 단백질은 필수입니다. 단백질은 빨리 포만감을 불러일으키면서도 근육에 꼭 필요한 영양분이자 근육 손실까지 막아줍니다.

단백질을 언제 섭취해야 하는지는 딱히 정해져 있지 않습니다. 널리 알려진 운동 다이어트 상식 중 하나가 운동 직후 30분 내에 단백질을 섭취해주어야 한다는 이론인데, 요즘 잘못된 상식으로 밝혀지고 있습니다.

만일 고강도 운동을 한다면 최대한 빠르게 영양을 공급해주는 것도 맞겠지만, 그것보다 차라리 운동을 하고 여러 가지 영양소가 골고루 갖춰진 식사를 하는 것이 낫습니다.

단백질도 한 번에 몰아서 먹는 것보다도 매 끼니마다 소량의 단백질을 섭취해주는 것이 흡수와 이용 효율에 좋지요. 적정 단백질 섭취량은 몸무게 1킬로그램당 0.8~1.2그램 정도입니다. 즉 몸무게가 50킬로그램인 사람은 하루에 40~60그램을 섭취하는 것이 좋습니다.

## Q 스쿼트를 하면 무릎이나 허리가 아파요.

A 우리 몸은 부위별로 각각 움직이는 기계가 아닌 하나의 커다란 유기체입니다. 스쿼트를 할 때 사용되는 근육은 단순히 하체 근육뿐만이 아니라는 말이지요. 허리, 복부, 골반을 포함한 코어 근육과 심지어는 종아리 근육까지 사용되며 더 나아가서는 상체와 팔 근육까지 연결되어 움직입니다. 이걸 깨닫는 것이 첫 번째입니다.

스쿼트를 할 때는 무릎과 허리를 굽히는 동작이 많기 때문에 두 곳이 동시에 자극되는 것이 맞습니다. 만일 무릎과 허리에 지나치게 자극이 온다면 움직이는 범위를 줄이는 것이 답입니다.

너무 깊게 내려가는 '풀 스쿼트'는 운동을 오래했거나 유연성 있는 사람이라면 권하지만, 그렇지 않다면 '하프 스쿼트'를 추천합니다.

Q 복근 운동을 하는데 목과 허리 아파요.

A 앞서 말한 것처럼 우리의 몸은 커다란 유기체입니다. 복근 운동을 할 때 복근만 자극할 수는 없지요. 복근 운동 대부분은 고개 또는 허벅지를 당기면서 우리 몸의 가장 중심부인 복직근(복근)을 자극합니다.

초보자들 대부분이 복근 운동을 할 때 목과 허리가 아프다고 하는데, 어찌 보면 자연스러운 현상입니다. 복직근의 복근이 덜 발달되어 있으면 다른 근육이나 부위의 근육을 끌어서 사용하기 때문이죠.

최대한 목과 허리에 부담을 덜 주기 위해서는 목에 힘을 줘서 당기기보다 최대한 복부에 집중해서 복부 힘만으로 당겨 주는 것이 중요합니다. 허리도 최대한 근육에 힘이 들어가는지 집중을 하면서 굽혀줘야 합니다.

머슬-마인드 커넥션이라는 이론이 있습니다. 근육과 정신은 이어져 있고 그것을 의식적으로 컨트롤해야 한다는 이론입니다. 최대한 자극하고 싶은 부위를 생각하면서 자극을 이끌어내면 운동 효과가 배가될 것입니다.

Q 낮과 밤, 운동은 언제하는 게 좋나요?

A 사실 이것도 정답은 없습니다. 자신의 상황과 신체 리듬에 맞게 하는 게 중요합니다.

낮 운동은 엔도르핀 분비로 기분이 상쾌해지고, 신진대사를 증진시키며 신체 사이클에 맞추어 밤에 숙면할 수 있게 만들어 줍니다. 반대로 운동은 하루의 스트레스를 날려 버리고 신체가 운동하기에 최적의 상태가 되어 관절과 근육 유연성이 증가한다는 장점이 있습니다.

낮 운동, 밤 운동 이 둘의 장단점이 명확하기에 자신에게 맞는 시간대에 '꾸준히' 하는 것이 답이겠지요. 하지만 식사 직후나 잠자기 바로 직전에는 운동을 피해주세요. 식사 직후에 하는 운동은 위에 부담을 주고 위염과 역류성 식도염을 유발할 수 있으며, 잠자기 직전에 하는 운동은 교감신경을 깨워 숙면에 들지 못하게 할 수 있습니다.

결국 식사하기 전 공복이나 식사 후 두세 시간 후가 가장 적절한 운동 타이밍이라 할 수 있습니다.

Q 운동할 때 땀이 꼭 나야 효과가 있나요?

A '땀=살 빠짐'이라는 공식은 잘못된 다이어트 상식입니다. 물론 지방이 사용되거나 분해될 때 나오는 열을 식히기 위해 땀이 분비되지만 그렇다고 '땀=살 빠짐'이라고 너무 맹신하면 안 됩니다. 땀은 말 그대로 외부 온도와 신체 온도의 차이 그리고 몸 안의 여러 가지 상황에 따라서 다를 수밖에 없습니다. 그러니 땀의 양에 집착하기보다는 자신의 운동량과 스케줄을 정확하게 알고 꾸준히 운동하는 습관을 가지는 것이 좋습니다.

## Q 걷는 것 VS 달리는 것, 다이어트에는 걷기가 좋나요?

A 우리 몸은 운동할 때 탄수화물, 지방 두 가지를 주된 에너지원으로 사용하는데 달리기와 같은 고강도 운동은 탄수화물을 먼저, 걷기와 같은 저강도 운동은 지방을 먼저 사용합니다. 그래서 살 빠지는 운동은 사실 걷기가 더 좋을 수 있습니다.

하지만 여기에는 함정이 있습니다. 총 칼로리 소모량으로만 놓고 본다면 달리기가 걷기보다 더 높을 수밖에 없습니다. 여러 가지 근육과 신체 에너지를 사용하기 때문이지요. 하지만 지속 가능성을 본다면 걷기 만한 운동이 없고 매일 뛰기에는 무릎과 허리 부담이 있으니 결론은 걷기를 추천합니다.

Q 운동해도 자극이 안 와요.

A 우리가 말하는 자극은 단순히 저절로 생기는 것이 아닙니다. 자극은 근육의 신경 세포가 발달해야 일어나기 때문에 무작정 운동을 한다고 자극이 오는 것이 아니거든요.

만일 운동을 오랫동안 하지 않은 상태라면 신경 세포가 무뎌져서 자극이 덜할 수밖에 없고, 운동을 꾸준히 해온 상태라면 반대로 자극이 강하게 올 수 있습니다. 자극은 운동 경력이나 몸 상태에 따라 상대적입니다. 똑같은 운동이라도 어떤 사람은 자극이 잘 오고 어떤 사람은 자극이 잘 안 올 수 있습니다.

Q 운동할 때 '뚝' '뚝' 소리가 나요.


A 몸을 움직일 때 단순히 근육과 뼈만 움직이는 것이 아닙니다. 근육과 뼈 사이에는 인대와 힘줄이 있는데 이것들이 서로 맞물리거나 불규칙하게 움직이면서 '뚝' '뚝' 소리가 날 수도 있습니다. 그리고 뼈 사이에 공기가 들어갔다가 빠지는 소리일 수도 있습니다.

만일 통증이 동반된다면 장기화된 자세 불균형이나 의학적인 원인이 있을 수 있기 때문에 병원에 가보는 것이 좋지만, 만일 통증이 없다면 대부분은 단순히 뼈나 힘줄, 뼈 사이의 공기소리일 수도 있습니다.

이런 경우에는 스트레칭을 해주면 관절, 인대 등이 유연해져서 소리가 줄어들기도 합니다.

Q 운동해도 체중이 안내려가요.

A 체중은 다이어트 계획을 세울 때나 동기 부여에서 유용하지만, 100퍼센트 믿기에는 숫자에 불과할 수도 있습니다.

체중은 먹은 음식량, 체내 수분, 부종, 장 속 음식물 등에 따라서 차이가 많이 납니다.

운동 후 몸매가 훨씬 더 예뻐졌지만 체중이 오르는 사람들도 많거든요. 근육이 늘었기 때문입니다. 정확한 건 '눈바디(눈으로 몸의 변화를 체크한다는 신조어)'와 둘레입니다. 매일 거울 앞에서 자신의 전신 사진을 찍어서 기록하거나 몸 둘레를 적어두면 단순한 수치인 체중보다 정확하게 다이어트 결과를 확인할 수 있습니다

**Q 팔 운동할 때 승모근이 아픈데 정상인가요?**

A 팔을 들어올리는 운동들은 특성상 어깨나 승모근을 자연스럽게 사용하게 됩니다. 우리 몸이 기계가 아닌 하나의 유기체이기 때문입니다. 복근운동을 할 때 목이 당기거나 스쿼트를 할 때 허리근육이 당기는 것과 같은 이치라고도 할 수 있습니다. 그래도 팔 운동을 할 때 최대한 팔근육에 집중해서 해당 부위만을 움직인다는 느낌으로 운동하면 팔에 더 많은 자극을 줄 수 있습니다.
팔 운동과 어깨, 승모근의 연관성에 대해서는 아래 영상을 참고해주세요.

| 팔뚝살 쉽게 빼는 방법 |  |
|---|---|

혹시 운동이 끝나고도 근육이 너무 당기신다면 근육 푸는 데에 효과 있는 아래 영상도 꼭 참고해주세요.

|  | 일자어깨 승모근 스트레칭 best3 |
|---|---|

| 승모근 없애고 얼굴살 빼는 스트레칭 |  |
|---|---|

Q 유연성은 어떻게 해야 나아질까요?

A 호흡을 깊게 들이쉬고 내쉬면서 스트레칭 동작을 해보세요. 처음에는 동작이 잘 되지 않아도 꾸준히 하다보면 유연성도 점차 좋아질 겁니다. 저 역시 처음에는 뻣뻣해서 하지 못했던 동작들을 천천히 호흡하면서 꾸준히 하다 보니 어느새 점차 나아지더라고요. 포기하지 마시고 꾸준히 함께합시다!

## Q 근육통이 오면 쉬어야 할까요?

A 근육통이 심할 때는 무조건 휴식하는 방법보다도 가벼운 유산소 운동과 스트레칭을 하는 것이 근육통을 해소하는 데에 더 많은 도움이 됩니다. 또한 생강차, 타우린, 충분한 단백질 섭취도 도움이 됩니다. 다음은 근육통 해소에 도움이 되는 스트레칭입니다.

일자어깨 승모근 스트레칭 best3

 초간단! 전신 스트레칭 BEST5

날씬한 하체 만드는 스트레칭

Q 운동할 때 호흡은 어떻게 해요?

A 고강도 근력 운동이나 스트레칭할 때를 제외하고 호흡은 최대한 자연스럽게 하는 게 좋습니다. 고강도 근력 운동이나 스트레칭, 요가 등은 호흡이 중요하지만 가벼운 유산소나 칼로리 소모 운동은 동작에 집중하면서 자연스럽게 호흡하는 게 더 중요합니다.

그렇다고 호흡이 중요하지 않다는 것은 아닙니다. 호흡을 하느라고 동작에 집중하지 못하는 것이 더 안 좋다는 말입니다.

가장 보편적으로 사용하는 기본적인 호흡법은 힘을 쓸 때(근육 수축시) 내뱉고, 반대일 때(근육 이완시) 들이쉬는 것입니다.

Q 다이어트 중 정체기가 왔어요.

A 정체기에는 평소 하던 운동에 조금 변화를 주는 게 좋습니다.
원래 하던 운동 순서를 다르게 하거나 다른 운동 동작을 섞어서 해보
는 것도 좋습니다.
개인적으로 공복 상태에서 하는 운동이 정체기 탈출에 많은 도움이
되었습니다. 물론 정체기에는 식단 조절도 중요하지만 무조건 음식을
줄이고 단식하면 호르몬 비상 사태가 되어 오히려 체지방을 축적하려
고 하니 이 점도 주의해 주세요.

Q 다이어트 식단은 꼭 지켜야 할까요?

A 많은 사람들이 단순히 섭취한 칼로리보다 소모한 칼로리가 많을 때 살이 빠진다고 알고 있지만 그게 사실은 아닙니다. 단순히 적게 먹고 많이 움직이는 것은 우리 몸을 너무 단순하게 생각한 것입니다. 살이 빠지는 것은 칼로리의 문제가 아니라 개인의 건강 상태, 더 나아가 기초대사량과 호르몬이 깊게 관련되어 있습니다. 그렇기에 단순히 적게 먹고 칼로리를 많이 소모하는 것보다도 건강에 초점을 맞추어야 성공적인 다이어트를 할 수 있습니다.

물론 많이 먹어도 된다는 말이 아닙니다. 장기적으로 지속 가능한 다이어트 식단이 중요합니다. 다이어트 식단만 먹고 살기에는 인생은 너무 짧고, 세상에는 맛있는 음식들이 많이 있습니다. 즐기면서 다이어트를 해도 충분합니다.

지방을 먹는다고 지방이 되는 게 아닙니다. 살이 찌는 원인은 탄수화물, 당을 과도하게 섭취하여 그것이 체지방으로 축적되는 것입니다.

지속 가능한 식단이라고 하면 거창하게 들리는데 실은 간단합니다. 원래 먹던 식단에서 탄수화물 같은 당을 줄이고 대신 지방과 단백질, 식이섬유 등을 늘려주는 것이 꾸준히 살을 빼고 유지하는 다이어트 식단입니다.

예를 들어 밥은 조금 덜 먹되, 고기와 나물 같은 채소 반찬을 더 먹는 방법이지요. 일반적으로 건강하다고 알려진 음식들을 고르게 꾸준히 챙겨먹는 것이 중요합니다. 물론 과식은 금물입니다.

초간단! 정말 쉬운 다이어트 식단

Q 생리할 때 운동해도 될까요?

A 생리 중 통증이 너무 심하면 쉬는 것도 답이지만, 가벼운 운동이 오히려 생리통 완화에 도움되기도 합니다. 쉽고, 움직이기에 불편하지 않은 운동에 한해서 말이죠.
또한 생리가 끝난 직후 일주일 동안은 다이어트 황금 기간이라고 부릅니다. 이때는 여성호르몬 분비가 가장 감소할 시기라 체지방 축적이 덜 되기 때문에 이때 운동하면 살이 더 잘 빠진다고 합니다.

생리할 때 할 수 있는 가벼운 운동 리스트

생리 중에는 무리하게 운동하지는 마시고, 아래 운동들 중 컨디션에 맞게 골라 하시는 걸 추천합니다.

걸으면서 뱃살 쭉쭉 빠지는 운동

 16분! 앉아서 하는 상체 운동

쉽게 걸으면서 살 빼는 홈트 운동

 날씬한 하체 만드는 스트레칭

승모근 없애고 얼굴살 빼는 스트레칭

Q 땅끄부부 채널 중 추천하는 운동 조합이 있나요?

A 운동을 각자 따라 해보시고 몸에 무리가 되지 않는 운동을 골라 해도 충분하지만 수많은 운동 중에 몇 가지만 골라달라는 질문이 많아서 부위별, 난이도별로 몇 가지 운동을 추천합니다.

물론 몸은 연결되어 있으므로 '뱃살 운동'을 한다고 해서 뱃살만 빠지는 게 아니기 때문에 배쪽 주변 근육을 강화시킨다고 생각하시고 꾸준히 해주세요. 그리고 난이도가 높아질수록 칼로리 소모는 많지만 그만큼 무리하게 되니 주의하세요.

# 전신 코스

## 난이도 ★ 운동 1개월 미만

팔뚝살 다이어트 30일 챌린지 (팔, 약 4분)

⬇

뱃살 빠지는 운동 BEST5 (뱃살, 약 11분)

⬇

허벅지 안쪽 살 빨리 빼는 운동 3가지 (허벅지, 약 5분)

⬇

무조건! 살 빠지는 댄스 다이어트 (전신, 약 10분)

⬇

걸으면서 살이 쭉쭉 빠지는 운동 (전신, 약 19분)

⬇

종아리 얇아지는 스트레칭 BEST 3 (종아리, 약 6분)

난이도 ★★ 운동 1~3개월 차

팔뚝 다이어트 운동 BEST4 (팔, 약 8분)

 뱃살 옆구리살 운동 BEST3 (뱃살, 약 4분)

다리 얇아지는 최고의 운동 BEST5 (다리, 약 17분)

 하루 15분! 전신 칼로리 다이어트 운동 (전신, 약 15분)

칼로리 버닝 전신 유산소 다이어트 운동 (전신, 약 19분)

 날씬한 하체 만드는 스트레칭[날하스] (하체 스트레칭, 약 14분)

16분! 앉아서 하는 상체 운동 (상체, 약 16분)

 9분! 초간단 효과 200% 누워서 하는 복근 운동 (뱃살+복근, 약 9분)

6분 다이어트! 스쿼트 30일 챌린지 (다리, 약 6분)

 단기간 살빼기! 칼로리 소모 폭탄 운동[칼소폭] (전신, 약 33분)

단기간 살 빠지는 최고의 운동[칼소폭2] (전신, 약 35분)

 날씬한 하체 만드는 스트레칭[날하스] (하체 스트레칭, 약 14분)

종아리알 쭉쭉 빠지는 스트레칭[알쭉빠] (종아리 스트레칭, 약 8분)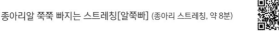

# 뱃살 코스

## 난이도 ★

뱃살 빠지는 운동 (뱃살, 약 11분)

 걸으면서 살이 쭉쭉 빠지는 운동[걸쭉빠] (뱃살+유산소, 약 10분)

## 난이도 ★★

뱃살, 옆구리살 운동 BEST3 (뱃살, 약 4분)

 앉아서 칼로리 태우고 뱃살 빼는 운동 (뱃살+유산소, 약 5분)

완전 쉬운 11자 복근 만들기[복근밥] (뱃살+복근, 약 5분)

난이도 ★★★

9분! 초간단 효과 200% 누워서 하는 복근운동 (뱃살+복근,.약 9분)

 뱃살 옆구리살 털어내는 운동[뱃쭉빠] (뱃살+유산소, 약 11분)

## 하체 코스

### 난이도 ★

허벅지 안쪽살 빨리 빼는 운동 3가지 (다리, 약 5분)

⬇

 허벅지 바깥살 빼는 운동[옆쭉빠] (다리, 약 7분)

⬇

종아리 얇아지는 스트레칭 BEST 3 (종아리, 약 6분)

### 난이도 ★★

 다리 얇아지는 최고의 운동 BEST 5 (다리, 약 17분)

⬇

날씬한 하체 만드는 스트레칭[날하스] (하체 스트레칭, 약 14분)

난이도 ★★★

6분 다이어트! 스쿼트 30일 챌린지 (다리, 약 6분)

⬇

 허벅지살 다리살 털어내는 운동[허쭉빠] (다리살, 약 14분)

⬇

날씬한 하체 만드는 스트레칭[날하스] (하체 스트레칭, 약 14분)

⬇

 종아리알 쭉쭉 빠지는 스트레칭[알쭉빠] (종아리 스트레칭, 약 8분)

## 상체 코스

### 난이도 ★

팔뚝살 다이어트 30일 챌린지 (팔, 약 4분)

⬇

얼굴살 & 얼굴붓기 스트레칭 3가지 (얼굴살, 약 4분)

⬇

일자어깨 승모근 스트레칭 BEST3 (승모근+어깨, 약 5분)

### 난이도 ★★

팔뚝 다이어트 운동 BEST4 (팔뚝, 약 8분)

⬇

상체살 팔뚝살 털어내는 운동[팔쭉빠] (팔뚝살+유산소, 약 11분)

⬇

승모근 없애고 얼굴살 빼는 스트레칭 (승모근+어깨+얼굴, 약 6분)

난이도 ★★★

16분! 앉아서 하는 상체 운동 (상체, 약 16분)

 최고의 전신 유산소 30일 챌린지 (팔+유산소, 약 5분)

승모근 없애고 얼굴살 빼는 스트레칭 (승모근+어깨+얼굴, 약 6분)

Q 관절에 부담 없고 층간 소음이 적은 운동을 추천해 주세요.

A 무릎, 허리, 관절에 부담이 없는 운동을 되도록 가벼운 운동을 하시기를 추천드립니다.

아래 추천드리는 운동 역시 난이도는 별 하나입니다.

난이도 ★

무조건 살 빠지는 걷기 다이어트

 걸으면서 살이 쭉쭉 빠지는 운동

살이 쭉쭉 빠지는 만보 걷기 운동

 무조건! 살 빠지는 댄스 다이어트

허벅지 안쪽살 빨리 빼는 운동

허벅지 안쪽 살 운동

 다리 얇아지는 최고의 운동 BEST5

다리 운동 BEST5

종아리알 쭉쭉 빠지는 스트레칭

스트레칭

 팔뚝 다이어트 운동 BEST4

팔뚝 다이어트

1판 1쇄 인쇄 2019년 8월 1일
1판 1쇄 발행 2019년 8월 9일

**지은이** 땅끄부부

**발행인** 양원석
**본부장** 김순미
**편집장** 김건희
**책임편집** 주리아
**콘텐츠 감수** 이서현(CJ ENM)
**일러스트** 금요일
**디자인** 형태와내용사이
**해외저작권** 최푸름
**제작** 문태일, 안성현
**영업마케팅** 최창규, 김용환, 양정길, 이은혜, 윤우성, 신우섭, 조아라, 유가형, 김유정, 임도진,
정문희, 신예은

**펴낸곳** ㈜알에이치코리아
**주소** 서울시 금천구 가산디지털2로 53, 20층(가산동, 한라시그마밸리)
**편집문의** 02-6443-8904   **구입문의** 02-6443-8838
**홈페이지** http://rhk.co.kr
**등록** 2004년 1월 15일 제2-3726호

ISBN 978-89-255-6750-1   03810